Rosen

unter

dem

Olivenbaum

Bibliografische Information der Deutschen Nationalbibliothek
Die Deutsche Nationalbibliothek verzeichnet diese Publikation in
der Deutschen Nationalbibliografie; detaillierte bibliografische Daten
sind im Internet über http://dnb.d-nb.de abrufbar.

Impressum
2019

© Autor : Syna Ester
© Cover: Syna Ester
© Fotos : Syna Ester

Herstellung und Verlag:
BoD- Books on Demand, Norderstedt

ISBN: 9-783749-419395

Rosen

unter

dem

Olivenbaum

von

Syna Ester

Maria lag träumend im Schatten der uralten Olivenbäume. Brütende Hitze lag über dem dem Land und machte jegliche Bewegung zur Qual. Sie war spät dran mit ihrer Siesta, aber sie hatte unbedingt noch die letzten Oliven einsammeln wollen, bevor auch sie sich eine Pause gönnte. Schweißnass war ihr Kleid und erst das kühle Wasser, dass sie immer in einer Flasche mit sich nahm und in der kühlen Erde eingrub, verschaffte ihr etwas Linderung. Essen mochte sie jetzt nichts; nur einfach ein wenig ausruhen, denn nach der Siesta ging die Arbeit weiter und erst mit beginn der Dämmerung konnten alle nach Hause gehen. Sie war nicht allein hier. Während der Erntezeit, kamen viele Olivenpflücker auf die Plantagen, einige kamen sogar mit ihrer ganzen Familie, um etwas Geld zu verdienen.

Sie waren eine lustige Gruppe und lachten und scherzten viel während sie arbeiteten. Die größeren Kinder halfen mit bei der Ernte und die ganz Kleinen lagen in einem Korb im Schatten einer der Bäume. Das Essen und Trinken wurde geteilt und niemand achtete darauf, wenn einer nichts mitbrachte; sie alle hatten solche Tage schon erlebt. Die Ruhe tat Maria gut und schon nach wenigen Minuten fielen ihr die Augen zu.

Maria erwachte erst wieder, als lautes Kinderlachen an ihr Ohr drang. Sie öffnete ihre Augen und sah Nina und Luka, die direkt neben ihr standen und sich köstlich amüsierten.

Auf ihre Frage, warum beide denn so lachen, erwiderten die Kinder, dass Maria furchtbar laut geschnarcht hatte als sie schlief. Maria musste auch lachen und erhob sich um wieder ihrer Arbeit nachzugehen. Der Rücken schmerzte ihr und ihre Hände und Arme waren von den Dornen der Olivenzweige ganz zerstochen. Behutsam rieb sie sich die Arme und Hände mit Olivenoel ein und begann dann die herunter gefallenen Oliven aufzulesen. Die Männer waren in die Bäume geklettert und rüttelten an den Zweigen damit die reifen Oliven herunter fallen. Auch sie waren total von den Dornen zerstochen und hatten manche blutende Wunde. Aber auch sie bissen die Zähne zusammen und taten ihre Arbeit.

Die Sonne schien erbarmungslos und die anhaltende Hitze ließ heute keine rechte Stimmung aufkommen. Jeder war froh, wenn der Tag zu Ende geht und sie endlich heim gehen konnten.

Sogar die Kinder lagen ruhig auf einer Decke und mucksten sich nicht. Die Hitze hatte sie zu müde gemacht um zu spielen oder um bei der Arbeit zu helfen. Sollten sie liegen bleiben, die Härte des Lebens würde sie noch früh genug einholen.

Maria schaute hinüber zu Lena und sah, dass diese sich neben ihren Korb gekniet hatte und sich den Rücken rieb. Sie wusste, dass Lena schwanger war und ihr die Arbeit schwer fiel. Das ständige bücken ging jedem auf den Rücken und in diesem Zustand musste es für Lena eine Qual sein; kam doch auch noch die Hitze hinzu. Maria ging zu ihr und sagte:

,,Lena, lege dich auf die Decke zu den Kindern, ich sammel für dich mit."

Dankbar nahm Lena das Angebot an und begab sich zu den Kindern. Sie konnte sich auch kaum noch auf den Beinen halten. Alfredo, ihr Mann, hatte es mitbekommen, dass sie sich auf die Decke zu den Kindern gelegt hatte und eilte mit einer Flasche Wasser zu ihr.

„Trink," sagte er nur und reichte ihr die Flasche.

Sein Herz schmerzte als er seine Frau so sah und er wünschte, er könnte ihr ein besseres Leben bieten; gerade jetzt in der Schwangerschaft. Es war ihr erstes Kind das Lena in ihrem Bauch trug und sie beide freuten sich darauf; auch, wenn es schon jetzt an manchen Tagen nicht für zwei Personen reichte. Im letzten Jahr hatte er noch Arbeit im Nebenort, aber als der Besitzer das kleine Hotel nicht mehr betrieb, musste er sich, wie so viele andere aus dem Dorf, als Tagelöhner durchschlagen. Es gab kaum Arbeit im Dorf und viele gingen weg um ihr Glück in der Ferne zu suchen. Familien waren auseinander gerissen; Väter sahen ihre Kinder nicht aufwachsen und waren nicht glücklich in der Fremde.

Es war eine Zeit großer Not.

Ungefähr noch eine Stunde bis die Sonne unter gehen würde. Alfredo ließ die Wasserflasche bei seiner Frau und ging zurück an die Arbeit. Auch ihm schmerzte der ganze Körper, aber er ließ sich nichts anmerken. Alle litten unter der anstrengenden Arbeit in sengender Hitze. Einerseits waren alle froh, bei der Olivenernte helfen zu dürfen um etwas Geld zu verdienen, aber andererseits waren sie auch froh, wenn die 2 Monate der Ernte vorbei waren. Nur, was danach kommt, das wusste keiner von ihnen und doch ging es immer irgendwie weiter; jedenfalls bisher war es immer so. Die großen Weidenkörbe waren bereits bis zum Rand voll mit Oliven, als sie in der Ferne die Glocken der Eselskarren hörten. Der Plantagenbesitzer hatte die Bauern, die einen Karren und einen Esel oder Pferd besaßen, angeheuert, dass sie ihm jeden Abend die vollen Körbe zu seinem Gut fahren sollen. Er zahlte ihnen nur wenig dafür, aber auch sie waren froh, damit etwas zu verdienen. Alle halfen beim aufladen und die Karren fuhren eiligst davon. Jetzt war der Moment, in dem alle ein wenig verschnaufen konnten, denn, wenn die leeren Karren zurück kamen, konnten die Olivenpflücker auf den Eselskarren zurück ins Dorf fahren. Darüber waren alle froh, denn in der früh mussten sie den Weg zu Fuß laufen und das war schon beschwerlich genug; besonders für die Kinder.

Aber für Heute war zum Glück erst einmal Feierabend und alle freuten sich auf zu Hause., wo ein leckerer Teller Spaghetti auf sie wartete.

So war es jeden Tag in diesen beiden Monaten der Erntezeit.

Das beste des Tages waren die Abende im Kreise der Familie. Eine oder zwei Stunden saßen sie alle zusammen um danach todmüde ins Bett zu fallen.

Maria lebte mit ihren Eltern und den Großeltern in einem kleinen Haus am Meer; Geschwister hatte sie keine. Sie fühlte sich geborgen in ihrer kleinen Welt. Sie liebte ihre Familie und sie wurde von ihrer Familie geliebt. Wenn nur nicht die Ungewissheit bestehen würde, was morgen sein wird. Maria war im Moment die Einzige, die etwas Geld nach Hause brachte. Ihr Vater hatte schon seit Monaten keine Arbeit mehr und bei der Olivenernte wollten sie ihn nicht, da er zu alt war. Dabei war er noch fit und hätte sicherlich gut helfen können. Ihre Mutter konnte nicht arbeiten gehen, weil sie sich um ihre alten Eltern kümmern musste, die nicht mehr allein zurecht kamen.

Maria war sofort eingeschlafen und erst die Stimme ihrer Mutter weckte sie aus tiefem Schlaf. Gerne wäre sie noch liegen geblieben, denn die Glieder schmerzten ihr und die wunden Hände und Arme auch. Doch es half nichts, sie musste pünktlich beim Treffpunkt sein um nicht allein zu den Olivenbäumen gehen zu müssen; außerdem war es in Gesellschaft der anderen angenehmer den beschwerlichen Weg zu gehen.

Schnell machte sie sich fertig und ging dann in die Küche um den Espresso zu trinken, den ihre Mutter ihr bereits auf den Küchentisch gestellt hatte. Der Kaffee machte sie munter. Sie nahm den kleinen Korb mit dem Proviant, gab ihrer Mutter noch einen Kuss und machte sich auf den Weg.

Gerade, als sie über die Straße gehen wollte hörte sie die Stimme ihrer Freundin, die ihren Namen rief. Maria wartete bis Sofia bei ihr war und sie gingen zusammen zum Treffpunkt. Wie immer hatten sie sich viel zu erzählen, obwohl es eigentlich gar nichts Neues gab; aber irgendein Thema fand sich immer und sei es, dass sie sich über die Burschen in ihrem Dorf lustig machten. Maria und Sofia kannten sich schon ihr Leben lang und waren wie Schwestern. Beide hatten mit den jungen Burschen absolut nichts im Sinn, aber deren schmachtende Blicke registrierten sie schon, wenn sie an ihnen vorbei gingen. Doch Maria und Sofia kamen gar nicht auf die Idee in ihnen etwas anderes zu sehen, als die Freunde aus Kindertagen. Am Treffpunkt angekommen, sahen sie, dass einige bereits schon da waren und sie gesellten sich zu ihnen. Auch Lena und Alfredo waren dabei. Maria fragte Lena sofort, ob es ihr heute besser geht und als diese ihre Frage bejahte, war Maria beruhigt.

10 Minuten mussten sie noch, wie vereinbart, warten. Doch alle waren rechtzeitig gekommen und die Gruppe machte sich auf den Weg. Obwohl es gerade 7 Uhr in der Früh war, spürte man bereits, dass es auch heute wieder ein heißer Tag werden würde. Fröhlich plappernd kam die Gruppe gut voran

und die Kinder sangen ein lustiges Lied. Eine dreiviertel Stunde später hatten sie ihr Ziel erreicht und jeder suchte sich einen Platz für seine Decke und sein Proviant. Meistens war es direkt neben einem der Olivenbäume und so konnten sie sich zwischendurch einmal hinsetzen und etwas Wasser trinken. Mittags rückten sie alle zusammen und aßen gemeinsam. Die Männer waren schon in die Bäume geklettert und rüttelten an den Ästen und Zweigen damit die reifen Oliven herunter fielen und die Frauen und Kinder brauchten die Oliven dann nur noch einsammeln. Lustig sah es aus, wenn eines der kleineren Kinder sich einen Korb schnappte, der fast größer war, als es selbst. Aber, sie wollten es alleine machen und ließen sich nicht helfen; so ließen alle die Kleinen gewähren, auch, wenn ein Kind dabei einmal auf die Nase fiel und weinte. Es wurde in den Arm genommen und getröstet; es war halb so schlimm und nachdem das Kind seinen Schreck überwunden hatte und die Tränen getrocknet waren, nahm es seinen Korb und marschierte lachend damit los. Die Kleinen nahmen ihre Arbeit sehr ernst und waren eifrig bei der Sache. Sie kamen sich ganz groß vor, zumal sie, wenn die Eltern ihren kargen Lohn bekamen, auch immer einige Lira für sich bekamen. Das ließen sich die Eltern auch nicht nehmen; war es doch für sie traurig genug, dass ihre Kinder den ganzen Tag mit arbeiten mussten. Die Kinder empfanden es nicht so, sie waren zu klein um das schon zu verstehen und außerdem konnten sie jederzeit eine Pause machen wenn sie durstig oder müde waren. Eine Decke lag immer im Schatten für sie bereit. Ihre kleine Welt war für sie in Ordnung. Heute war der Vormittag schnell herum gegangen, denn Giancarlo rief bereits zur Siesta. Alle holten ihre Körbe mit dem Proviant und versammelten sich im Schatten eines uralten Olivenbaum. Sie legten ihr Proviant in die Mitte der Decke und jeder nahm sich, was er mochte. Es war genug für alle da und Wasser gab es auch reichlich. Sie genossen ihre Mahlzeit und plauderten und lachten miteinander Maria konnte Lena ansehen, dass es ihr heute viel besser ging als gestern und sie freute sich darüber. Nicht auszudenken, wenn durch die mühsame Arbeit und das ständige Bücken nach jeder einzelnen Olive, ihr und ihrem ungeborenen Kind etwas passieren würde.

Trotzt ihrer Armut und nur wenig Hoffnung auf eine Verbesserung ihrer momentanen Situation freuten sich die Eheleute auf ihr erstes Kind. Aus Erfahrung wusste Maria, dass jeder im Dorf ihnen so gut er konnte, helfen würde. So war es immer, denn ohne den engen Zusammenhalt der ganzen Dorfgemeinschaft wäre so manch einer gezwungen, das Dorf zu verlassen; auch, wenn niemand von hier fort wollte. Einige Waren ja bereits in die Fremde gegangen und ihrer Familie helfen zu können, aber glücklich waren sie dort nicht und ihre Briefe klangen voller Sehnsucht nach der Heimat und der Familie.

Maria schob ihre Gedanken beiseite...

Als alle satt waren, suchte jeder seinen Platz auf um ein kleines Schläfchen zu halten oder um sich nur auf die Decke zu legen; dem schmerzenden Rücken wenigstens etwas Linderung zu zu verschaffen. Das ständige bücken war schon sehr anstrengend und sogar die Kinder waren gleich eingeschlafen. Eine tiefe Ruhe lag über den Olivenfeldern. Ab und an wurde die Stille durch den zarten Gesang eines kleinen Vogels unterbrochen, aber ansonsten hätte man eine Stecknadel fallen hören. Der lautlose Scirocco umspielte ihre Körper und trug zur Entspannung bei. Auch heute wieder brannte die Sonne erbarmungslos auf das Land und an Abkühlung war vorläufig nicht zu denken. Sei 4 Monaten hatte es nicht geregnet und es stand schlimm um die Ernte der Bauern. Besonders für diejenigen, die sich kein Wasser kaufen konnten um ihre kleinen Felder zu bewässern. Ihre Ernte war alles was sie hatten um die hungrigen Mäuler zu stopfen. Es war nicht das erste Mal, dass die Felder verdorrten und sie den Gürtel noch enger schnallen mussten. Aber eine so lange Hitzewelle, wie in diesem Jahr, mit Temperaturen selten unter 40°, dass hatten selbst die Alten noch nicht erlebt. Jedenfalls konnte keiner von ihnen sich an einen so heißen, langen Sommer erinnern.

Auch Maria war auf ihrer Decke eingeschlafen und wurde erst wieder wach, als laute Männerstimmen zu ihr herüber schallten. Sie öffnete die Augen und blickte in die Richtung, aus der die Stimmen kamen. Erstaunt registrierte sie, dass zwei Männer auf Alfredo einredeten. Sie kamen vom Gutshof und befolgten nur die Befehle des Gutsherrn. Es war ihnen auch nicht leicht gefallen, Alfredo mitteilen zu müssen, dass der Gutsherr von den Pflückern verlangte, dass sie schneller arbeiten sollten. Sie verabschiedeten sich schnell und strichen Alfredo noch einmal mitfühlend über den Arm.

Alfredo drehte sich der Magen um. Alle gaben ihr Bestes und nach einem Monat in der sengenden Hitze war bei ihnen allen die Luft raus.

Wie sollten sie nur das erhöhte Pensum schaffen?

Aber, irgendwie mussten sie es schaffen, andernfalls würde sich der Gutsbesitzer nach anderen Pflückern umsehen. Sie waren alle auf den kargen Verdienst angewiesen , zumal es keine andere Arbeit für sie gab.

Alfredo rief die Leute zusammen und erzählte ihnen was die beiden Männer gesagt hatten. Betretenes Schweigen machte sich breit und sie gingen ohne einen Widerspruch oder Fragen zu stellen an ihre Arbeit. Jeder arbeitete so schnell er konnte und der Schweiß lief an ihnen nur so herunter. Es blieb nicht einmal Zeit um einen kleinen Schluck Wasser zu trinken. Es waren die Stunden, in denen sie innerlich ihr armseliges Dasein verfluchten und so manch einer sandte ein Stoßgebet gen Himmel. Helfen würde es zwar nicht, aber es war eine kleine Hoffnung damit verbunden.

Alfredo hatte seiner Frau aufgetragen im selben Tempo weiter zu arbeiten; er würde dafür um so schneller arbeiten.

Lena war dankbar und traurig zugleich über seine Worte. Sie liebte ihren Mann sehr und sah auch, dass alles eine große Belastung für ihn ist. Eigentlich wollte er doch der Ernährer der Familie sein und nun musste sie, obwohl sie ein

Kind unter dem Herzen trug, in der Hitze Oliven sammeln. Sie seufzte tief und sammelte weiter die Oliven ein, die gerade vom Baum fielen. Oben in den dornigen Zweigen stand Pietro und rüttelte, was das Zeug hielt. Er war sehr jung, erst 14 Jahre alt und ihm machte das klettern nicht so viel aus. Den älteren Männern fiel es schon schwerer und zum Glück kam es selten vor, aber es passierte, dass einer vom Baum fiel. Das Problem war, dass sie sich in den Ästen und Zweigen nur sehr schwer abfangen konnten, denn die Dornen der alten Bäume waren dick und stark. Sie zerstachen sofort die Hände und die Haut. Zum Glück hatte sich bisher noch niemand etwas bei einem Sturz gebrochen. Aber die unzähligen Wunden der Dornen waren sehr schmerzhaft und heilten schlecht.

Sonnenuntergang......

Sie hatten ohne Pause gearbeitet um das erhöhte Soll zu erfüllen und waren erleichtert, als die Eselskarren endlich kamen. Eiligst luden sie die bis oben hin mit Oliven gefüllten Körbe auf die Karren, damit die Männer schnell zurück kommen konnten, um sie mit ins Dorf zu nehmen. Sie waren heute alle sehr müde und froh, endlich nach Hause zu kommen.

Die Karren kamen und sie stiegen schweigend auf. Die sonst, trotzt der mühseligen Arbeit, so gute Stimmung wollte nicht aufkommen, jeder war in seinen Gedanken verhangen.

Als Maria zu Hause ankam, erzählte sie sofort, was sich heute zugetragen hatte. Alle waren entsetzt, denn sie wussten, was das hieß, noch mehr zu arbeiten, da jeder von ihnen schon einmal bei der Olivenernte geholfen hatte. Ihr Vater sagte sofort, dass er morgen mitkommen würde um zu helfen; auch, wenn er dafür nicht bezahlt wird. Er wollte seinen Teil dazu beitragen, die anderen wenigstens etwas zu entlasten. Sie aßen ihr Abendessen, tranken noch einen Espresso und legten sich dann schlafen.

Als Maria mit ihrem Vater am nächsten Morgen zum Treffpunkt kam, sahen sie, dass auch aus den anderen Familien freiwillige Helfer erschienen waren.

Wärme machte sich in ihren Herzen breit.

Aber so war es immer, einer half dem anderen und darauf konnten sich alle verlassen. Wie sehr liebte Maria die Geborgenheit in der Dorfgemeinschaft.

Als alle eingetroffen waren, machte sie die Gruppe auf den Weg. Dank der vielen freiwilligen Helfer waren die Kinder heute zu Hause geblieben und konnten, unter Aufsicht der Ältesten, auf der Piazza oder am Strand spielen. Es tat ihnen gut einmal nur Kind sein zu dürfen und ihre Eltern freuten sich für sie. Nur die beiden Babys, die noch gestillt wurden, hatten die Mütter auf ihrem Rücken. Die Stimmung war gut und sie lachten und scherzten.

Heute würden sie nicht, wie gestern, im Akkord sammeln müssen und sie konnten es ruhiger angehen lassen, dank der vielen freiwilligen Helfer.

Eines hatten sie sich vorgenommen, sie wollten nur das ihnen vorgegebene Soll erfüllen, nicht mehr. Niemand sollte es merken, dass zusätzliche Helfer zur Stelle waren; denn diese taten es nur um den angestellten Pflückern zu helfen. Als sie bei den Olivenbäumen angekommen waren, legten die beiden Mütter ihre Babys in den Schatten auf eine Decke und die anderen suchten sich ein Plätzchen für ihre Sachen.

Sofort fingen sie mit der Arbeit an und als es Zeit für die Siesta war, hatten sich, bis auf zwei Körbe, bereits alle Körbe bis oben hin mit Oliven gefüllt. Alle freuten sich und waren glücklich. Sie holten ihre mitgebrachten Dinge und legten sie auf die große Decke um die herum sich alle setzten. Gemeinsam genossen sie die karge, aber gute Mahlzeit. Danach legte sich jeder auf seine Decke und ruhte sich aus. Maria schaute noch einmal zu Lena herüber, aber, als sie sah, dass diese mit ihrem Mann scherzte, machte sie sich keine weiteren Gedanken und schloss die

Augen um ein wenig zu schlafen. Letzte Nacht hatte sie nur wenig schlafen können, da die Sorgen auf ihr lasteten.

Aber, sie konnte nicht schlafen, die Hitze setzte ihr heute mehr zu, als an den anderen Tagen.

So träumte sie nur ein wenig vor sich hin; einen Traum, den sie schon lange hatte, der immer wieder kehrte.

Sie träumte von einem Leben ohne Armut, ohne die tägliche Angst um die Existenz. Von einer eigenen Familie mit vielen Kindern; von einem guten Mann. Wenn sie jemand beobachten würde, konnte er das kleine Lächeln, das auf ihrem Gesicht lag, sehen.

Marias Vater, der bei den Männern saß, war kurz zu ihr gegangen, aber, als er ihre geschlossenen Augen sah, dachte er, dass seine Tochter schläft und er ging wieder zurück; er wollte seine Tochter nicht stören, sie hat es schwer genug in diesen Tagen der Olivenernte und ihren Schlaf wohl verdient. Er liebte sein einziges Kind sehr und hätte ihr gerne ein leichteres Leben gewünscht.

Damals , als die kleine Maria geboren wurde, ging es ihnen viel besser. Er hatte seine Arbeit und konnte gut für die kleine Familie sorgen. Ricarda, seine Frau, blieb zu Hause und kümmerte sich um Maria und den Haushalt. Doch irgendwann hatte sich alles geändert. Früher hatten sie im Dorf mehrere Tavernen und Bars, einige Geschäfte und ein kleines Hotel mit Restaurant für die Fernfahrer, die täglich mit ihren schweren Lastkraftwagen hinter dem Dorf auf der Landstraße weiter in Richtung Süden fuhren. Ein Schild an der Landstraße wies darauf hin, dass sie hier im Dorf Rast machen konnten. Im Laufe der Jahre hatte es sich herum gesprochen, dass das Essen und die Unterbringung im Hotel gut war; es gab viele Stammgäste. Natürlich kauften die Fernfahrer auch das eine oder andere in den Geschäften ein; sie verdienten gut und konnten es sich leisten, etwas von ihrem Verdienst hier im Dorf zu lassen.

Das Dilemma begann damit, dass die Autobahn ausgebaut wurde, damit die Landstraßen entlastet werden und die Autos von Nord nach Süd durchfahren konnten. Was natürlich auch viel schneller ging und so blieben nach und nach die Kraftfahrer weg. Das Hotel musste schließen und eine andere Arbeit gab es für die Angestellten nicht. Dann machten nacheinander die Bars und Tavernen zu und so begann die Zeit, dass viele ohne Arbeit waren. Einige verließen sogar das Land, damit sie Geld verdienen konnten für ihre Familien und andere zogen in die Stadt um dort ihr Glück zu versuchen. Er selbst war einer der letzten, der seine Arbeit verlor; nämlich, als die kleine Poststelle geschlossen wurde. Stattdessen stand von da an ein Postkasten im Dorf an dem man auch die Briefmarken kurbeln konnte.

Irgendwie hatten alle das Gefühl vom Rest der Welt abgeschnitten zu sein.

Seit jener Zeit hatte seine Tochter bei der Olivenernte geholfen um der Familie zu helfen. Seine Frau konnte zum Glück bei dem Baron, der oben auf dem Berg in einer uralten Burg lebte, etwas Geld verdienen, indem sie für die Familie kochte. Sie waren gut zu ihr und viele Male gaben sie ihr den

Rest der übrig gebliebenen Speisen mit nach Hause. So hielten sie sich über Wasser. Für ihn selber gab es nur manchmal bei den Fischern etwas zu tun. Er konnte helfen, die Netze zu flicken oder die Boote mit neuer Farbe versehen. Geld bekam er nicht jedes mal, aber reichlich Fisch für die Familie. Die Fischer hatten selber nicht viel, aber sie zeigten sich solidarisch mit denen, die noch weniger hatten. So, wie jetzt, als viele gekommen sind, um den anderen unentgeltlich bei der Olivenernte zu helfen.

„Valentino, komm schon, lass uns den Rest noch erledigen", sagte Alfredo und rüttelte ihn sanft am Arm.

Er war so vertieft in seinen Gedanken, dass er gar nicht bemerkt hatte, dass die Anderen bereits wieder arbeiteten. Er stand auf und ging zu den anderen um ihnen zu helfen. Er schaute rüber zu Maria; ihre Blicke trafen sich und sie lachten.

Alle ließen sich Zeit, denn viel zu tun gab es nicht mehr. Lena, die ja ein Kind erwartete, saß hinter einem der Olivenbäume auf einer Decke; sodass der Gutsbesitzer, falls er mit dem Auto vorbei fuhr, sie nicht sehen konnte.

Alfredo freute sich, dass seine Frau sich ausruhen konnte.

Langsam ging die Sonne unter und es war an der Zeit, die vollen Körbe an die Straße zu stellen, damit sie schnell aufgeladen werden konnten, wenn die Kutscher mit den Eselskarren kamen um sie zu holen.

Kaum hatten sie das erledigt, als sie auch schon das schreien der Esel hören konnten. Die Kutscher machten sich einen Spaß daraus, ein kleines Rennen zu fahren und es schien, als ob die Esel auch ihren Spaß daran hatten, mit den leeren Karren die Straße entlang zu galoppieren. Jedenfalls kam es ihnen so vor, weil die Esel lauthals schrien, während sie ansonsten still vor sich hin trabten. Die Kutscher hielten die Karren an und alle halfen beim aufladen der vollen Körbe. Es blieb ihnen nicht verborgen, dass heute viel mehr Leute als gestern hier waren. Alle kannten sich, denn sie kamen aus demselben Dorf. Von ihnen würde niemand darüber etwas erfahren; sie würden schweigen. Wie hätten die anderen Pflücker auch sonst das hohe Pensum ohne zusätzliche Hilfe schaffen können? Eiligst wendeten sie ihre Karren und fuhren davon.

Die Gruppe suchte ihre wenigen Sachen zusammen und dann setzten sie sich alle an den Wegesrand um auf die Rückkehr der Eselskarren zu warten.

Es dauerte nicht lange und die Karren waren zurück. Alle stiegen auf und ab ging die Fahrt. Heute mussten sie eng zusammen rücken, da sie mehr Leute waren, als an den anderen Tagen; aber das störte niemanden. Im Gegenteil, sie waren guter Dinge und stimmten ein fröhliches Lied an. Es machte viel aus, wenn mehr Leute bei der Ernte mit anpackten; sie alle waren nicht so erschöpft wie sonst immer und fühlten sich gut. Sogar Lena sah heute nicht so fertig aus; hatte sie sich doch nach der Siesta weiter auf ihrer Decke ausruhen können.

So wünschten sie sich jeden Tag.

Maria und ihr Vater waren zu Hause angekommen und erzählten sofort, wie der heutige Tag für sie war. Erfreut hörten die Mutter und die Großeltern zu. Sie hatten sich Gedanken gemacht, ob alles gut geht. Der Gutsbesitzer durfte ja nichts davon erfahren, dann hätte er alle entlassen wegen der Täuschung. Das sie das erhöhte Soll auf diese Art und Weise nur geschafft haben, das würde ihn überhaupt nicht interessieren. Er war kein angenehmer Zeitgenosse, ja, man konnte ihn auch als herzlos beschreiben. War er doch auch aus diesem Dorf und die Älteren hatten, als sie noch Kinder waren, mit ihm zusammen gespielt. Irgendetwas hatte ihn vor Jahren verändert, aber niemand wusste, was es war oder woran es lag. Er kapselte sich ab und wurde ein mürrischer Mann, dem man am besten aus dem Weg ging. Er kam seitdem auch nicht mehr herunter ins Dorf. Er lebte völlig allein mit einigen

Angestellten auf dem Gut. Seine Frau war vor etlichen Jahren verstorben und der einzige Sohn lebte in der Fremde. Eigentlich konnte sich auch niemand an ihn erinnern. Von klein auf wurde er regelrecht abgeschottet von den Kindern aus dem Dorf und Schulunterricht bekam er auf dem Gut von einem Privatlehrer. Damals hatten alle Mitleid mit dem kleinen Jungen, aber ändern konnten sie es auch nicht.

Seine einzigen Spielkameraden waren ab und zu die Kinder der Angestellten wenn sie manchmal von den Eltern mit zur Arbeit genommen werden mussten. Selbst das war dem grantigen Gutsbesitzer schon zu viel und er scheuchte sie weg, falls sie einmal in seine Nähe kamen. Die Kinder fürchteten ihn und sobald sie ihn sahen, rannten sie davon.

Heute blieben sie nach dem Essen noch gemütlich am Tisch sitzen und redeten über dieses und jenes. Es war, seit die Olivenernte begann, der erste frohe Abend der Familie und sie wünschten nichts sehnlicher, als dass die letzten 2 Wochen ebenso sind, wie der heutige Tag. Alle freiwilligen Helfer hatten versprochen, für den Rest der Zeit mit dabei zu sein.

Nachdem jeder seinen letzten Schluck Rotwein getrunken hatte gingen sie schlafen.

Kaum lag Maria im Bett, war sie auch schon eingeschlafen. Sie schlief tief und fest in dieser Nacht.

Ricarda war schon zeitig aufgestanden um Kaffee zu kochen und den Proviant für den Tag für Maria und ihren Mann zusammen zu stellen. Sie packte auch 2 Flaschen Wasser mit in den Korb, denn sie spürte es schon jetzt, dass der Tag wieder so heiß werden würde. Sie hatte kaum geschlafen, denn die Hitze der letzten Monate setzten ihr sehr zu. Ricarda konnte sich nicht daran erinnern, jemals in ihrem Leben einen so heißen Sommer erlebt zu haben. Gut, hier im Süden waren die Sommer heiß und lang, aber zwischendurch wurden die heißen Tage durch Regen und Gewitter unterbrochen und es gab eine leichte Abkühlung, aber in diesem Jahr......., nicht einmal am Meer war ein Lüftchen zu spüren.

Das Geräusch von klappernden Sandalen auf den Fliesen riss sie aus ihren Gedanken. Aha, Maria war also schon wach und fragte nach einem Kaffee. Ricarda goss ihrer Tochter eine Tasse des gerade fertigen Kaffees ein und strich ihr über ihre langen Locken.

Wie hübsch sie ist, meine Tochter, dachte sie bei sich. Sie freute sich, dass Maria immer noch zu Hause bei ihr und der Familie lebte obwohl sie im heiratsfähigen Alter war und sie sich längst hätte einen der hübschen Burschen aus dem Dorf aussuchen können. Ricarda hatte es wohl bemerkt, wie die jungen Burschen ihre Maria anschauten wenn sie mit ihr gemeinsam zum einkaufen geht oder wenn sie spazieren gehen. Aber Maria hatte kein Auge dafür. Sie verbrachte ihre freie Zeit mit ihrer besten Freundin Sofia. Sie waren seit ihrer Kindergartenzeit fast jeden Tag zusammen; sie waren wie Schwestern. Ihr Mann war inzwischen auch in die Küche gekommen und so goss sie auch ihm eine Tasse des frischen, duftenden Kaffees ein. Die Großeltern schliefen noch und sie unterhielten sich leise, damit sie nicht gestört werden.

Nachdem Vater und Tochter ihren Kaffee getrunken hatten, machten sie sich auf den Weg zum Treffpunkt.

„Wartet, ich komme mit!" hörten sie Sofia rufen.

Zu Dritt gingen sie, munter plaudernd, weiter.

Sie brauchten am Treffpunkt nicht lange warten, bis auch die letzten eingetroffen waren. Wie versprochen, waren die freiwilligen Helfer alle dabei.

Frohgelaunt machten sie sich auf den Weg zur Arbeit und die Kinder durften auch heute daheim bleiben.

Es war brütend heiß. Die Sonne stand genau über ihnen und sie beschlossen, schon jetzt mit der Siesta zu beginnen, als plötzlich eine Kutsche, wie aus dem Nichts, auftauchte. Maria hatte sie nie zuvor gesehen und wunderte sich, wer das wohl sein kann. Auch die anderen schauten alle in Richtung der Kutsche, die jetzt anhielt.

Was hatte das zu bedeuten?

Es war ein Mann, der jetzt von der Kutsche stieg und direkt auf die Gruppe zukam. Er hatte ein Lächeln im Gesicht und schon von weitem sah man, dass es ein sehr gut aussehender junger Mann ist. Er hatte eine schlanke Figur und von der Sonne gebräunte Haut. Seine dunklen Locken glänzten im Licht der Sonne.

Alle schauten in seine Richtung. Noch wenige Schritte und er stand genau vor ihnen.

„Guten Tag", sagte er, „ich bin Nino, meinem Vater gehört das Gut und ich schaue mich hier nur einmal um, da ich lange Zeit im Ausland gelebt habe."

Die Gruppe war sprachlos und als erster fand Alfredo seine Worte wieder. Er ging auf ihn zu um ihn freundlich zu begrüßen. Die beiden Männer waren sich auf den ersten Blick sympathisch.

„Setze dich zu uns, wir wollten gerade Siesta machen," sagte Alfredo zu Nino, „sei unser Gast und iss und trink mit uns."

Nino nahm das Angebot dankend an und setzte sich neben Alfredo. Er blickte in die Runde und sah sie alle lächelnd an.

Wie immer breiteten sie ihren Proviant und die Getränke auf der großen Decke in ihrer Mitte aus.

„Nimm was du magst, es ist genug für alle da", sagte Alfredo.

Das ließ sich Nino nicht zweimal sagen, er war hungrig und nahm sich gleich ein Stück Brot und Tomatensalat.

Jeder nahm sich etwas zu essen und sie genossen ihre bescheidene Mahlzeit. Maria war ganz vertieft in ihr Essen und bemerkte nicht, dass Nini ab und an zu ihr hinüber schaute, aber ihrem Vater waren die Blicke von Nino nicht entgangen. Er war froh, dass seine Tochter die Blicke nicht bemerkt hatte. Heute legten sie sich nach dem Essen nicht auf ihre Decken. Es entstand eine lebhafte Unterhaltung nachdem Nino ihnen einiges von sich erzählt hatte. Er war ganz anders als sein Vater und sie hatten keinen Grund ihm nicht zu vertrauen.

Nino war es wohl aufgefallen, dass so viele Pflücker anwesend waren, aber er sagte nichts. Er wusste, wie knapp sein Vater alles kalkulierte um mit einem Minimum an Pflückern ein Maximum an Gewinn zu erreichen.

Die Zeit verging schnell, als Alfredo sagte:

„Nino, es war schön, dich kennen zu lernen und mit dir zu plaudern, aber wir müssen weiter arbeiten, damit wir das Pensum schaffen."

„Ich muss nun auch wieder zurück zum Gut. Mein Vater wartet auf mich und wundert sich bestimmt, wo ich so lange bleibe."

Er stand auf und bedankte sich, mit einem Lächeln in die Runde, für das gute Essen und die Unterhaltung.

Nino war gerade drei Schritte gegangen, als er sich umblickte und laut sagte:

„Ihr braucht keine angst zu haben, dass ich euch verrate, denn ich habe es wohl bemerkt, dass ihr mehr Pflücker seid, als mein Vater bezahlt. Eigentlich sollte er dankbar darüber sein, aber er ist verbittert und uneinsichtig."

Mit diesen Worten verabschiedete er sich noch einmal und ging zu seiner Kutsche.

Eine Weile sahen sie stumm hinter ihm her. Viele Gedanken spukten in ihren Köpfen, aber es war jetzt keine Zeit mehr, sich darüber zu unterhalten; sie mussten den Rest noch schaffen.

Nach getaner Arbeit hatten sie endlich Zeit, sich über die Begegnung mit Nino zu unterhalten. Das er sehr nett war, das fanden alle, aber ob sie ihm trauen konnten, der Gedanke machte ihnen doch zu schaffen. Er war der Sohn des Gutsbesitzers.

Spätestens morgen würden sie wissen, ob er sein gegebenes Wort hielt oder nicht. Wenn nicht, würde es für sie alle der letzte Arbeitstag sein.

Was sollte dann werden?

Als Maria und ihr Vater zu Hause waren, erzählten sie sofort was sich heute zugetragen hatte. Großeltern und Mutter blickten sorgenvoll, aber sie konnten auch nichts dazu sagen, denn sie hatten Nino nur selten zu Gesicht bekommen als er klein war und später erfuhr niemand mehr etwas über ihn. Das einzige, was sie wussten war, dass er in der Fremde studiert und einmal den Gutshof übernehmen würde. Sie konnten auch nur hoffen, dass er anders ist als sein Vater und alles gut gehen würde.

Ricarda stellte das Essen auf den Tisch und alle bedienten sich. Ein Gespräch wollte heute nicht so recht zustande kommen; die Stimmung war gedrückt. Nach dem Essen wollte die Großeltern gleich zu Bett gehen und Ricarda und Maria standen auf um ihnen zu helfen.

Das An-und Auskleiden fiel ihnen alleine schon recht schwer und sie waren froh, dass die beiden ihnen dabei halfen. Ansonsten benötigten sie noch nicht viel Unterstützung und das kochen, das konnte Ricarda gut alleine bewerkstelligen. Valentino half seinen Schwiegereltern auch so gut er konnte. Jeden Morgen ging er mit ihnen zur Piazza, damit sie am Leben teilhaben konnten. Man traf sich dort um über dieses und jenes zu reden oder auch nur um Gesellschaft zu haben. Das war von jeher so und brachte etwas Abwechslung in ihren Alltag. Zum Mittag, wenn die Glocken der Kirche läuteten, gingen dann alle wieder nach Hause.

Es war spät und Zeit zum schlafen und so gingen auch Maria und ihre Eltern zu Bett.

Die richtige Ruhe fanden sie in dieser Nacht nicht und so stand Ricarda, früher als sonst, auf. Sie machte sich einen Kaffee und dachte nochmals über das gestrige Gespräch mit Maria und Ihrem Mann nach.

Hoffentlich geht alles gut.......

Auch Maria und ihr Vater kamen in die Küche und setzten sich an den Küchentisch. Ricarda schob den beiden eine Tasse Kaffee rüber; essen mochten sie heute früh nichts.

Es klopfte leise an der Tür.

Valentino stand auf und ging zur Tür. Wer konnte das sein? Er öffnete die Tür und sah Sofia dort stehen.

,,Komm herein und trink noch einen Kaffee mit uns. Du konntest sicherlich auch nicht schlafen?", fragte Valentino.

Sofia ging mit Valentino in die Küche und setzte sich zu Ricarda und Maria.

Gemeinsam tranken sie noch eine Tasse Kaffee und dann machten sie sich auf den Weg zum Treffpunkt. Die anderen waren auch schon da und sie konnten gleich losgehen. Heute war niemand dazu aufgelegt ein Lied anzustimmen; alle hingen ihren Gedanken nach.

Bei den Olivenbäumen angekommen, machten sie sich gleich an die Arbeit. Lena war heute nicht erschienen. Ihr lag die Sache von Gestern auf dem Magen und sie fühlte sich nicht wohl. Jeder fürchtete sich davor, dass Nino sein Wort nicht hielt.

Der halbe Vormittag war noch nicht vorbei, als sie sahen, dass die Kutsche von Nino oben am Weg hielt. Er winkte ihnen zu und mit wenigen Schritten war er bei der Gruppe.

,,Was macht ihr denn für besorgte Gesichter?", fragte er, als er in ihre

Gesichter blickte „habt ihr meinen Worten nicht vertraut?".

Alfredo ergriff das Wort und erklärte ihm, dass sie alle ihre gewissen Zweifel hatten; sie kannten ihn ja nicht und die Gruppe hat einfach nur angst, ihre Arbeit zu verlieren.

Nino lachte und meinte:

„Verstehen kann ich euch, aber ich bin nicht wie mein Vater. Im Gegenteil, ich habe gestern noch lange mit ihm gesprochen und habe dafür gesorgt, dass die bisher freiwilligen Helfer auch einen Lohn bekommen, zumal die Arbeit ansonsten nicht zu schaffen gewesen wäre.", sagte er.

Es war allen peinlich ihm misstraut zu haben und sie entschuldigten sich bei Nino. Dieser lachte nur und winkte ab.

„Es gibt keinen Grund dafür, ich an eurer Stelle hätte wahrscheinlich auch so gedacht," sagte er „aber ich habe etwas für euch; nur müssten mir zwei von euch beim tragen helfen. Sofort waren zwei Männer bei ihm und zusammen gingen sie zur Kutsche. Es waren einige Pakete darinnen und sie mussten zweimal gehen, um alles zu der Gruppe zu bringen.

„Das ist für euch," sagte Nino, „ich muss jetzt weiter, aber vor der Siesta bin ich wieder da und bringe für alle etwas zu essen und zu trinken mit; ihr könnte die Pakete auspacken und die Sachen zusammen bauen damit wir nachher alle zusammen sitzen können."

Er ging und so schnell, wie er gekommen war, war er auch schon wieder weg.

Jetzt waren aber alle neugierig, was in den Paketen war und sofort machten sie sich daran, sie zu öffnen.

Oh, sie staunten nicht schlecht und waren freudig überrascht, denn in den Paketen waren Tische und Stühle, die nur noch zusammen gesteckt werden mussten. Alle halfen und im Nu war alles zusammengebaut. Sie stellten die Tische zusammen und die Stühle dazu. Bisher saßen sie immer auf der Erde; sie kannten es auch nicht anders. Gut, zu Hause hatte jeder Tisch und Stuhl, aber draußen......

Jedenfalls fanden sie es schön und ihre Freude war groß. Besonders, da ihnen allen jetzt wieder leicht ums Herz war. Schade, dass sie bis zum Abend warten mussten um es ihren Familien zu sagen. Valentino hatte seinen Arm um seine Tochter gelegt und gab ihr einen Kuss auf die Wange; so gerührt war er vor lauter Freude, dass alles gut ist.

,,Lass uns weiter arbeiten", sagte er zu

Maria", „wir wollen doch Nino nicht enttäuschen; er hat so viel Gutes heute für uns getan."

Beide gingen zu ihren Plätzen um die Oliven aufzusammeln. Sie arbeiteten schnell und die Körbe füllten sich. Als Nino zurückkam, hörte er sie singen und ein Lächeln huschte über sein Gesicht. So soll es sein, dachte er bei sich, sie sind fleißig und doch guter Dinge. Er nahm die Körbe mit dem Essen und ging zu ihnen. Schnell kamen einige Frauen um alles auszupacken und die Tische zu decken, während Alfredo und Nino noch die Getränke aus der Kutsche holten. Was für leckere Dinge er gekauft hatte. Sie freuten sich auf das Essen.

Es war eine lustige Runde. Sie lachten viel und der mitgebrachte Rotwein verfehlte nicht seine Wirkung. Schon lange ging es nicht mehr so fröhlich zu wie heute. Alle fühlten sich wohl und erzählten von ihren Familien, von dem Leben im Dorf und auch von ihren Sorgen um die tägliche Existenz. Nino hörte aufmerksam zu und natürlich erzählte er auch etwas aus seinem bisherigen Leben.

Sie waren wie eine große Familie.

Ninos verstohlene Blicke hinüber zu Maria waren Valentino auch diesmal nicht entgangen.

Jede Siesta hat einmal ein Ende und Nino verabschiedete sich. Er versprach, wieder einmal vorbei zu kommen. Er fühlte sich wohl bei der Gruppe und konnte für einen Moment seine Sorgen vergessen.

Alle bedankten sich noch einmal bei ihm und machten sich sofort an ihre Arbeit. Den Feierabend konnten sie heute kaum erwarten, so aufgeregt waren alle. Sie wollten schnell nach Hause um endlich die Neuigkeiten ihren Familien erzählen zu können. Aber noch mussten sie sich gedulden, denn die Eselskarren waren noch nicht da, um die vollen Körbe abzuholen. Sie klappten die Tische zusammen und stellten sie, ebenso wie Stühle, unter einen der Bäume. Dort konnten sie bleiben; gestohlen wurde hier nicht und nach Regen sah es nicht aus. Ganz im Gegenteil, wenn man den Himmel so anschaute, würde es auch Morgen wieder ein heißer Tag werden.

Endlich kamen die Eselskarren und sie konnten die vollen Körbe aufladen. Sie hofften, dass die Kutschen schnell zurückkommen und sie nach Hause brachten.

So war es auch.......

So schnell waren Maria und ihr Vater noch nie nach Hause gegangen und auch Sofia, die mit ihnen ging, eilte gleich weiter, als sie bei dem Haus der Freundin angekommen waren. Heute war keine Zeit zum plaudern, denn auch sie ihrer Familie ganz schnell alles berichten.

Marias Mutter hatte aus dem Fenster geschaut und ihren Mann und ihre Tochter schon kommen sehen. Schnell ging sie zur Tür um sie zu öffnen.

Sie sah in betretene Gesichter und ihr schlug das Herz bis zum Hals. Das konnte nichts Gutes bedeuten.

Maria und ihr Vater gingen gleich in die Küche und Ricarda folgte ihnen. Die Großeltern saßen auch schon dort und warteten gespannt auf die Rückkehr der Beiden.

„Was ist passiert?", fragte Ricarda.

Maria und ihr Vater wollten die Familie nicht länger auf die Folter spannen und fingen schallend an zu lachen. Valentino nahm seine Frau in die Arme und gab ihr einen dicken Kuss auf den Mund. Verblüfft schaute Ricardo ihren Mann an und dann schaute sie zu Maria. Valentino fing an zu erzählen, was sich heute zugetragen hatte. Ganz ausführlich berichte er über jede Kleinigkeit und die Augen seiner Frau und der Schwiegereltern wurden immer größer. Damit hatte keiner von ihnen gerechnet und ganz bestimmt nicht damit, dass nun auch Valentino einen Lohn für seine Hilfe bekommen würde. Maria erzählte von dem guten Essen das Nino mitgebracht hatte und wie sie sich alle so fröhlich unterhalten hatten.

Ein großes Glück hatte an ihre Tür

geklopft. Dankbarkeit beschlich ihre Herzen und Ricarda wischte sich eine Träne aus den Augen. Heute früh sah der Himmel noch grau und trübe aus und nun strahlte er in dem schönsten Blau das es gab.

„Lasst uns nun essen bevor alles kalt wird", sagte Ricarda.

Sie gingen rüber in das Esszimmer und ließen sich das Essen gut schmecken. Heute schmeckte es ihnen doppelt so gut; aber das machte nur die Freude, denn Ricarda war eine ausgezeichnete Köchin und so manch einer könnte sich von ihrer Kochkunst noch eine Scheibe abschneiden.

An diesem Abend war die Stimmung am Tisch sehr gut und sogar die beiden Alten wollten noch immer nicht schlafen gehen und verlangten nach einem weiteren Glas Rotwein.

„Wenn das man gut geht", murmelte Ricarda leise und musste doch lachen.

Sollen sie trinken, dann tragen wir sie eben in ihr Bett wo sie ihren Rausch ausschlafen konnten. Die Großeltern tranken nur noch selten ein Glas Wein und nun wollten sie noch ein drittes Glas trinken. Früher, als sie noch jünger waren, da tranken sie jeden Tag ihren Rotwein zum Essen, aber jetzt im Alter wollten sie das nicht mehr; er schmeckte ihnen nicht mehr. Doch heute schien er ihnen gut zu schmecken......

Selbst Valentino wunderte sich über seine Schwiegereltern, aber er dachte bei sich, sollen sie doch, sie leben auch nur einmal und wenn ihnen danach ist, dann ist das völlig in Ordnung.

„Salute", rief er laut und stieß mit seinen Schwiegereltern an.

„Danach ist aber Schluss, sonst kommt ihr morgen früh bestimmt nicht aus dem Bett", sagte Ricarda und sah dabei Maria und ihren Mann an.

Sie tranken noch ihre Gläser leer; brachten danach die Großeltern zu Bett und verschwanden dann auch in ihren Betten.

In dieser Nacht wurde ihr Schlaf von süßen Träumen begleitet.

Fast wäre Riacarda heute zu spät aufgewacht, der Rotwein von gestern Abend hatte auch bei ihr seine Wirkung nicht verfehlt und sie tief und fest schlafen lassen. Eiligst ging sie in die Küche um den Espresso aufzusetzen und dann weckte sie Maria und ihren Mann. Beide waren noch schlaftrunken und das Aufstehen fiel auch ihnen nicht leicht. Sie beeilten sich mit dem waschen und anziehen. Dann begaben sie sich zu Ricarda in die Küche um ihren Kaffee zu trinken. Inzwischen hatte Ricarda den Proviantkorb fertig gemacht und trank nun auch einen Espresso. Der tat gut und weckte die restlichen Lebensgeister. Sie waren gerade fertig, als das Gesicht von Sofia vor dem Fenster erschien, die Vater und Tochter abholen wollte. Auf dem Weg zum Treffpunkt hatten sie sich viel zu erzählen, denn auch bei Sofias Familie war die Freude über die guten Nachrichten riesengroß.

Am Treffpunkt angekommen, staunten sie nicht schlecht.

Dort standen heute die Kutscher mit ihren Eselskarren und warteten auf die Leute um sie zu den Olivenbäumen zu bringen. Auch sie waren guter Laune, denn gestern hatte Nino ihnen gesagt, dass sie alle Pflücker am Morgen zu ihrem Arbeitsplatz fahren sollten; auch sagte er noch, dass sie dafür einen extra Lohn bekommen würden. Sollte mit Nino eine Veränderung im Dorf stattfinden? Bisher kam nur Gutes von ihm und sie alle hofften das Beste.

Bei den Olivenbäumen angekommen, ging jeder zu seinem Baum und legte seine Decke und den mitgebrachten Proviant darunter, als die Stimme von Alfredo ertönte:

„Freunde, lasst uns die Tische schnell aufbauen, dann können wir unseren Proviant gleich darauf stellen!".

Alle mussten lachen, denn, Macht der Gewohnheit, hatten sie gar nicht an die neuen Tische gedacht.

Gesagt, getan und eins, zwei, drei war alles erledigt.

Lena, die gestern nicht dabei war, hatte noch am Abend, als sie alles erfuhr, rot, weiß karierte Tischdecken organisiert und hatte sie heute auf die Tische gelegt. Schön sah es aus und alle freuten sich darüber.

Maria ging zu ihrem Olivenbaum und wollte gerade beginnen, die herunter geschüttelten Oliven einzusammeln, als sie plötzlich etwas farbiges unter dem Baum schimmern sah. Sie ging hin um zu schauen, was es ist und sah eine Rose dort liegen. Eine einzige Rose und wunderschön. Sie wunderte sich sehr und überlegte, wie die Rose wohl dort hin gekommen sein mag und was es zu bedeuten hatte. Sie nahm die Blume an sich und legte sie auf ihre Decke. Nachher würde sie ihrem Vater davon erzählen.

Sie machte sich daran die Oliven aufzusammeln. Die Hitze war wieder schlimm und der Durst plagte sie mehr als sonst. Zum Glück war genügend Wasser für alle vorhanden. Sie wünschte die Siesta herbei um in den Schatten gehen zu können. Sicherlich hatte es mit dem vielen Rotwein von gestern Abend zu tun. Sie motivierte sich selber, in dem sie zu sich sagte, wer feiern kann, kann auch arbeiten.

„Kommt Leute, es ist Zeit für unsere Siesta", rief Alfredo und alle folgten nur zu gerne seinem Ruf.

Jeder war froh, der heißen Sonne zu entfliehen und endlich im Schatten sitzen zu können; außerdem waren sie hungrig und durstig. Bevor Maria sich neben Sofia setzte, ging sie zu ihrem Vater und erzählte ihm von der Rose. Er sah Maria an und meinte, er könne sich auch keinen Reim darauf machen. Im stillen dachte er, dass er die Blicke von Nino doch richtig gedeutet hat;

aber er behielt es für sich und stellte sich weiter ahnungslos. Warten wir erst einmal ab was kommt.

Der Tag verlief wie gewohnt. Nino war heute nicht erschienen.

Nur noch 9 Tage lagen vor ihnen und dann war die Olivenernte für dieses Jahr beendet. Wer weiß, was danach kam.

Valentino gab seiner Frau ein Zeichen noch nicht schlafen zu gehen nachdem sie mit Maria die Großeltern zu Bett gebracht hatten und so wünschte Ricarda ihrer Tochter eine gute Nacht und ging wieder zu ihrem Mann in die Küche. Leise machte sie die Küchentür hinter sich zu.

Mit leiser Stimme erzählte Valentino seiner Frau von seinen Beobachtungen und von der Rose, die heute unter dem Olivenbaum lag, wo Maria die Oliven sammelte. Es kann kein Zufall sein. Ricarda sah ihren Mann erstaunt an und schüttelte den Kopf.

,,Du musst dich irren, was sollte Nino von Maria wollen, er kommt doch aus ganz anderen Kreisen", sagte sie zu ihrem Mann.

,,Glaube mir, was ich gesehen habe, habe ich gesehen und die Rose ist ein Zeichen, dass er auf Maria ein Auge geworfen hat", antwortete er.

,,Lass uns jetzt schlafen gehen; warten wir einmal ab, ob morgen früh dort wieder eine Rose liegt. ", sagte Ricarda und schob ihren Mann in Richtung Schlafzimmer.

Valentino sollte mit seiner Vorahnung Recht behalten. Am nächsten Morgen lag an derselben Stelle wie gestern eine Rose unter dem Olivenbaum. Nun war es Zeit, Maria darüber aufzuklären, was das zu bedeuten hatte, denn seine Tochter sah ihn verständnislos an, als sie die Rose dort liegen sah.

Aber erst am Abend wenn sie wieder zu Hause waren.

Am Abend, als sie nach Hause kamen, sah Ricarda ihn mit einem fragenden Blick an und Valentino nickte nur. Sie hatte verstanden, aber erst wollten sie essen und danach über die Sache reden.

Es hatte wieder einmal köstlich geschmeckt was Ricarda gekocht hatte. Alle waren satt und zufrieden. Maria holte den Espresso und setzte sich wieder auf ihren Stuhl, als ihr Vater das Wort ergriff.

„Maria, Du hast einen Verehrer!", polterte er los.

Maria fiel fast die Tasse mit dem

heißen Kaffee aus der Hand. Sie konnte nicht glauben, was ihr Vater da gesagt hatte und musste lachen. Wer sollte das denn sein? Das hätte sie sicherlich gemerkt. Sie war zwar bis jetzt nicht mit einem Burschen ausgegangen, aber ganz weltfremd war sie nun auch nicht.

„Doch, doch", sagte ihr Vater.

Er fing an, seiner Tochter von Ninos heimlichen Blicken zu erzählen und er erzählte ihr etwas über die Bedeutung der Rose unter dem Baum. Es war eine uralte Sitte. Wenn ein Bursche ein Auge auf ein Mädchen geworfen hatte, dann legte er eine Blume unter den Baum vor ihrem Haus. Das wiederholte er so lange, bis sie ihn erhörte oder auch nicht. Nino hatte für seine Rose den Platz unter dem Baum gewählt, wo Maria immer die Oliven sammelte.

Maria war sprachlos. Sie hatte seine Blicke nicht bemerkt. Sie hatte es aber auch vermieden ihn anzusehen, da er ihr vom ersten Moment an gut gefallen hat und sie fürchtete, dass Nino das bemerken würde. Außerdem wollte sie auch nicht, dass ihr Vater bemerkte, dass Nino ihr gut gefiel. Was noch hinzu kam, war die Tatsache, dass er aus völlig anderen Kreisen stammte. Sie hatte dann auch nicht weiter an ihn gedacht.

Nino war es also, der die Rosen dort für sie hingelegt hatte. Eine leichte Röte überzog ihr Gesicht bei dem Gedanken daran, was ihrer Mutter nicht entging.

„Nino gefällt dir also?" fragte Ricarda ihre Tochter.

Maria nickte nur mit dem Kopf.

Ihr Vater und ihre Mutter sahen sich

besorgt an; wollten sie doch, dass ihr einziges Kind einmal glücklich wird und einen Mann aus ihren Kreisen wählte. Alles andere, so dachten sie, würde wahrscheinlich nicht gut gehen.

"Wenn Nino das nächste Mal kommt, werde ich mit ihm sprechen," sagte ihr Vater und nun lasst uns endlich schlafen gehen.

Jeden Morgen lag eine wunderschöne Rose unter dem Olivenbaum, aber Nino hatte sich noch nicht wieder blicken lassen. Zum Glück hatten es die anderen noch nicht bemerkt und Nina hatte nicht einmal Sofia etwas davon erzählt. Ihr Herz klopfte, als sie die Rose an sich nahm und sie schnell in ihrem Korb verschwinden ließ.

Heute war Sonntag und sie mussten nur noch eine Woche arbeiten, dann war die Saison zu Ende. Ob Nino wohl heute kommen würde dachte sie bei sich, als sie auch schon eine Kutsche kommen hörte. Sie blickte auf und tatsächlich, es war Nino der da kam. Er kam auf die Gruppe zu und sagte:

„Heute möchte ich noch einmal die Siesta mit euch zusammen verbringen. Ich bringe alles, was wir benötigen nachher mit".

Die Freude bei der Gruppe war groß; denn sie mochten ihn, den jungen Gutsherrn.

Gegen 12.00 Uhr kam Nino, wie er es versprochen hatte, zurück. In jeder Hand hatte er einen großen Korb mit leckeren Sachen und Alfredo ging zur Kutsche um die Getränke zu holen.

Auch heute war es wie bei ihrem ersten Zusammentreffen mit Nino. Die Stimmung war ausgelassen und allen schmeckte es vorzüglich. Verstohlen blickte Maria hinüber zu ihrem Vater; aber dieser ließ sich nichts anmerken und unterhielt sich gerade angeregt mit Nino. Doch sie wusste, dass ihr Vater nur auf einen Moment wartete, wo er mit Nino allein sprechen konnte. Doch dieser Moment sollte nicht kommen.

Da Valentino ein Mann war, der nicht gerne etwas vor sich her schob, sagte er plötzlich ganz laut:

„Nino, du hast uns soviel Gutes getan und wir mögen dich alle von Herzen, darum möchte ich dich für den nächsten Sonntag einmal in mein Haus einladen um dir Gutes zu tun. Meine Frau kocht vorzüglich und auch sie würde sich freuen, wenn du meine Einladung annimmst". Erwartungsvoll schaute er Nino dabei an.

Damit hatte Nino überhaupt nicht gerechnet und er nahm die Einladung freudig an. Er versicherte, dass er sehr gerne kommen würde und, dass es die erste Einladung nach seiner Rückkehr ins Dorf ist. Er freute sich, dass er den richtigen Weg eingeschlagen hatte um den Menschen näher zu kommen. Er wollte nicht mehr so isoliert auf dem Gutshof leben, sondern einer von ihnen sein. Aber auch mit einer großen Verantwortung den Dorfbewohnern gegenüber, da später einmal er, wenn sein Vater nicht mehr lebte, der einzige konstante Arbeitgeber im Ort sein würde. Sah er doch schon jetzt, was es ausmachte, seine Arbeiter gut zu behandeln; es motivierte sie und sie kamen gerne zur Arbeit; auch, wenn ihnen alles weh tat. Das Valentino eine bestimmte Absicht damit verfolgte, das ahnte er nicht, denn er ging davon aus, dass Maria nicht ahnte, von wem die Rosen sind. Nino schaute zu Maria, aber die war in einem Gespräch mit Sofia vertieft. Er bedankte sich noch einmal für die nette Gesellschaft und bei Valentino für die Einladung. Dann ging er zu seiner Kutsche und fuhr winkend davon.

Obwohl sie heute nicht zum ausruhen gekommen waren, fühlten sich alle wohl, denn die schönen Stunden mit Nino taten ihren Seelen gut. Er hatte viel zu erzählen und brachte sie oft zum lachen. Aber, er erzählte auch über ernsthafte Dinge und, dass es nicht immer leicht für ihn war. Jeder erzählte etwas über sich und seine Familie damit Nino auch sie alle besser kennenlernen sollte.

Sie vertrauten ihm; er war einer von

ihnen, trotzt des Standesunterschied.

Die letzten beiden Stunden gingen schnell herum und die Eselskarren standen schon bereit. Alles lief wie gewohnt. Sie stellten noch die Tische und Stühle zusammen und warteten auf die Rückkehr der Karren um nach Hause zu fahren.

Als Maria und ihr Vater zu Hause ankamen, erzählte er gleich seiner Frau, dass er Nino am Sonntag zum Essen eingeladen hat. Sie verstand, er hatte also heute keine Gelegenheit mit Nino zu sprechen. So war es auch besser, dann war die ganze Familie dabei und sie konnten alle mit anhören, was Nino zu sagen hatte und was es mit den Rosen für Maria auf sich hat. Es konnte ja durchaus möglich sein, dass er von der alten Tradition nichts wusste und ihr nur eine Freude machen wollte. Aber irgendwie glaubte Valentini selber nicht an das, was er gerade dachte. Jeder kannte die alten Gebräuche und Traditionen; vor allem, die ungeschriebenen Gesetze die hier im Dorf herrschten und an die sich jeder zu halten hatte.

Großen Hunger hatten sie heute Abend nicht, denn sie hatten reichlich und gut heute Mittag gegessen. Nino hatte wieder die besten Sachen mitgebracht und jeder aß ein wenig mehr als gut war. Es schmeckt, man isst mehr als gut ist und am Ende ist der Bauch zu voll. Verständlich war es, denn einige aus der Gruppe hatten wirklich nur einen Teller Spaghetti am Abend, da sie so eine große Familie hatten und viele hungrige Mäuler gestopft werden mussten. Alfredo hatte auch heute dafür gesorgt, dass sie die vielen Reste des guten Essen mit nach Hause nehmen konnten; er hatte sie heimlich in ihre Körbe gelegt und mit einem Tuch zugedeckt; so musste es ihnen nicht unangenehm sein.

Die Woche verging schnell und die Zeit der Olivenernte war vorbei. Es war Samstag und sie bekamen ihren letzten Lohn ausbezahlt.

Was danach für sie alle kam, dass wusste niemand. Vielleicht konnten sie im Nachbardorf bei der Obsternte helfen? Alles war ungewiss im Moment.

Auch heute wieder hatte eine Rose unter dem Olivenbaum gelegen. Maria hatte sie, wie jeden Tag, schnell in ihrem Korb versteckt.

Morgen war Sonntag und Nino würde zum Abendessen zu ihnen kommen. Sie merkte, dass ihr Herz plötzlich anfing schneller zu schlagen. Ein nie gekanntes Gefühl stieg in ihr hoch und ihr wurde richtig warm. Sie hatte sich noch nie verliebt und kannte dieses Gefühl nicht. Sollte ich mich verliebt haben, dachte sie bei sich. Etwas mulmig war ihr schon zumute. Sie wollte heute Abend mit ihrer Mutter darüber sprechen.

Auch der letzte Arbeitstag hat einmal ein Ende. Sie sammelten ihre ganzen Sachen zusammen und warteten auf die Eselskarren. Die Tische und Stühle würde Nino abholen und bis zur nächsten Saison in einem Schuppen auf dem Gut unterstellen; dort waren sie auch vor Regen geschützt und im nächsten Jahr würde er ihnen alles wieder zur Verfügung stellen.

Lange brauchten sie nicht zu warten. Sie stiegen auf die Eselskarren und eine gute Viertelstunde später waren sie im Dorf angekommen. Ohne viele Worte machte sich jeder auf den Weg nach Hause. Zwei Monate hatten sie Seite an Seite die Oliven geerntet und heute trennten sich ihre Wege.

Natürlich würden sie sich fast täglich im Dorf begegnen oder sich gegenseitig besuchen, aber miteinander arbeiten, das war etwas anderes.

Kurz vor ihrem Haus sagte Valentino zu Maria:

,,Ich gehe noch kurz zu Luca um zu sehen, ob er und seine Familie etwas brauchen.''

Luca war Valentinos Cousin und er wusste, dass es ihm und seiner Familie zur Zeit nicht gut ging. Leider konnte aus seiner Familie keiner bei der Olivenernte helfen und so waren sie für jedes Stück Brot dankbar, das ihnen gegeben wurde. Alle im Dorf halfen den Familien, denen es noch schlechter ging.

Heute waren es sie, die nichts hatten, und morgen waren sie vielleicht selber in der größten Not und auf die Hilfe der anderen Dorfbewohner angewiesen. Es war nur ein kleines Dorf und sie waren wie eine große Familie. In diesem Punkt, war ihre Welt in Ordnung.

Das kam Maria gelegen, konnte sie doch gleich ihrer Mutter von ihren Gefühlen erzählen. Ihre Mutter würde sie bestimmt verstehen und ihr eine Antwort geben können.

Ricarda hörte ihrer Tochter zu und als diese ihren Redefluss beendet hatte sagte sie nur:

„Du bist verliebt, Maria." und lachte.

So ist das also, dachte Maria; ihre Mutter musste es ja wissen, schließlich war sie auch einmal jung und hatte sich in ihren Vater verliebt. Damit war das erst einmal Gespräch beendet, denn Valentino kam gerade zur Tür herein und sie konnten zu Abend essen. Valentino gab seiner Frau den Lohn, den er bekommen hatte und sagte ihr, dass er einen kleinen Teil davon Luca gegeben hatte, damit er Brot und Pasta für die Familie kaufen konnte. Für Ricarda war das völlig in Ordnung und sie verlor kein Wort darüber; im Gegenteil, sie war froh, dass ihr Mann helfen konnte. Wusste sie doch, wie groß die Not der Familie im Moment war. Auch sie brachte öfter einmal einen Topf Spaghetti mit Sauce rüber zu Luca.

Sie setzten sich zu Tisch und aßen in aller Ruhe und Gemütlichkeit. Morgen früh konnten sie ausschlafen.

Sonntag.......

und Nino würde am Abend kommen!

Bereits am frühen Morgen war Maria wie aufgedreht. Alles in ihrem Kopf drehte sich um den heutigen Abend. Mit ihrer Unruhe steckte sie schon alle an und ihre Mutter schickte sie erst einmal zum Backhaus um das frische Brot abzuholen. Die Frauen des Dorfes brachten ihren fertigen Teig dort hin und zwei Frauen kümmerten sich dann darum, dass die Brote gebacken wurden. Diese Arbeit wurde von den Frauen immer abwechselnd gemacht; jede war einmal dran und ab und zu musste auch ein Mann einspringen.

Maria ließ sich die noch warmen Brote geben und wollte wieder nach Hause gehen, als Sofia in das Backhaus kam, um ebenfalls die fertigen Brote für ihre Familie zu holen. Die Freundinnen machten sich dann gemeinsam auf den Heimweg, aber ein richtiges Gespräch wollte nicht aufkommen; Maria war mit ihren Gedanken ganz woanders. Vor ihrer Tür verabschiedete sie sich von Sofia und verschwand im Haus. Ein wenig wunderte sich Sofia schon. Das kannte sie eigentlich nicht von Maria, denn meistens plauderten sie noch eine ganze Weile. Nun, vielleicht geht es ihr heute nicht so gut, dachte Sofia bei sich und ging ihres Weges.

Maria brachte die Brote in die Küche und half dann ihrer Mutter bei den Vorbereitungen für das Abendessen.

Valentino ging derweilen mit seinen Schwiegereltern auf die Piazza. Sie freuten sich, denn in den zwei Wochen als Valentino bei der Olivenernte half, waren sie nicht auf der Piazza, da sie Ricarda nicht zumuten wollten sie zu begleiten; sie hatte im Haus genug zu tun. Nun waren Maria und ihre Mutter allein zu Haus und konnten sich noch einmal über alles in Ruhe unterhalten.

Maria riet ihrer Tochter, während des Gesprächs zwischen ihrem Vater und Nino zu schweigen und erst etwas dazu zu sagen, wenn sie dazu aufgefordert wurde. Daran wollte sich Maria halten.

Die Kirchenglocken läuteten und wenig später erschienen die Großeltern und ihr Vater zum Mittagessen.

Nach dem Essen wollten sie alle eine ausgiebige Siesta halten; was sie auch taten.

An Schlaf war für Maria heute nicht zu denken; sie lag auf ihrem Bett und träumte.

Am späten Nachmittag erledigten Maria und ihre Mutter die letzten Vorbereitungen für den Abend.

Der Tisch war mit dem besten Geschirr gedeckt. Die Sauce für die Pasta war fertig und die gefüllten Auberginen schmorten im Backofen. Das Obst zum Nachtisch abgewaschen und auf einem großen Teller hübsch angerichtet. Die ganze Familie hatte zur Feier des Tages ihre beste Kleidung angezogen und wartete. Nino konnte also kommen.

Es hatte zaghaft an der Tür geklopft und Valentino ging, um sie zu öffnen. Da stand er, der erwartete Gast.
„Willkommen in unserem bescheidenen Heim", sagte Valentino als er Nino die Hand gab und ihn herein bat.
Mit einem strahlenden Lächeln trat Nino ein und begrüßte zuerst die Großeltern, dann Ricarda und zum Schluss gab er Maria die Hand. Diese errötete als er so nah bei ihr war und

sie seine warme Hand an der ihren spürte. Nino bemerkte es wohl.

„Lasst uns nun essen", sagte Ricarda und zeigte Nino wo er sich hinsetzen konnte.

Das gute Essen und der Rotwein löste die Zungen und es entstand eine rege Unterhaltung bei der sehr viel gelacht wurde. Maria hatte ihre anfängliche Scheu überwunden und beteiligte sich auch mit daran.

Als sie fertig mit dem Essen waren räumten Maria und ihre Mutter den Tisch ab. Ricarda stellte den Obstteller in die Mitte des Tisches; so konnte jeder nehmen, worauf er Appetit hatte. Maria hatte schon den Espresso aufgesetzt und die Tassen aus dem Schrank genommen. Sie stellte die Tassen auf ein Tablett um den Espresso darauf zu servieren. Den Zuckertopf ebenso, denn schwarz und süß musste er sein, so tranken sie ihn am liebsten. Der Espresso war fertig und Ricarda brachte ihn an den Tisch.

Nun war der Moment gekommen, dass Valentino mit Nino endlich sprach.

Valentino schaute Nino an und fing an zu sprechen:

„Nino, ich habe gesehen, wie du meine Tochter angeschaut hast, als du zu uns zu den Olivenbäumen gekommen bist und wir alle gemeinsam gegessen und getrunken haben. Nachdem du das erste Mal bei uns warst, lag jeden Morgen eine Rose unter dem Baum, unter dem Maria gesammelt hat. Sie hatte keine Ahnung von wem die Rosen waren, da sie deine Blicke nicht bemerkt hatte. Auch ich war zuerst ahnungslos, bis ich bei unserem zweiten Zusammensein mit dir wieder deine

Blicke zu Maria beobachtet habe. Da war mir klar, dass die Rosen nur von dir sein konnten. Ich kenne die alte Tradition mit den Rosen. Auch ich habe es vor vielen Jahren so gemacht, als ich um meine Frau geworben habe. Ich habe Maria von meiner Vermutung erzählt und sie war einverstanden, dass wir dich heute zum Essen einladen haben um Klarheit zu bekommen".

Valentino musste erst einmal einen Schluck trinken, denn vom vielen sprechen war seine Kehle ganz trocken.

Alle Augen schauten gebannt auf Nino. Dieser war ein wenig überrumpelt, doch er konnte Valentinos Worte nur bestätigen.

„Ich habe mich vom ersten Augenblick, als ich Maria sah, in sie verliebt. Es mag etwas komisch klingen, aber mein

Herz sagte mir sofort, dass sie die richtige Frau für mich ist; ich musste um Deine Tochter werben bevor es ein anderer macht und die alte Tradition war mir bekannt", antwortete er leise und schaute Valentino in die Augen.

„Deinen Worten entnehme ich, dass du wirklich ehrliche Absichten hast, Nino. Hören wir nun, was Maria, meine Frau und meine Schwiegereltern dazu zu sagen haben." erwiderte Valentino.

Die Großeltern nickten zustimmend, denn sie mochten Nino auf Anhieb, aber Ricarda war nicht ganz so wohl dabei und sie äußerte ihre Bedenken wegen der unterschiedlichen Kreise aus denen beide stammten. Sie fürchtete, dass ihre Tochter nicht gut genug für den alten Gutsbesitzer war und er seine Zustimmung verweigern würde. Das hatte Nino durchaus bedacht, aber er würde sich in diesem Punkt nicht von seinem Vater reinreden lassen. Nicht einmal dann, wenn er drohte, ihn zu enterben. Seine verstorbene Mutter hatte ihm ein kleines Vermögen vermacht und er war nicht von seinem Vater abhängig. Aber auch ohne dieses Geld würde er Maria, wenn sie will, zu seiner Frau nehmen.

„Es mag sein, dass mein Vater gegen eine Verbindung mit Maria ist, aber ich bin nicht von ihm abhängig und kann Maria alles bieten, was sie möchte. Es würde ihr gut bei mir gehen und sie könnte ein sorgenfreies Leben führen, da ich von meiner Mutter geerbt habe als sie starb. Dieses Erbe habe ich nie angerührt. Es ist der Grundstock für den Tag, wenn ich heirate und eine Familie gründen möchte." sagte Nino zu Ricarda.

Maria wusste gar nicht, was sie sagen sollte, als sie das alles gehört hatte. Aber nun war es an ihr etwas dazu zu sagen.

„Bitte, sag etwas, Maria; ich werde dir immer ein guter Mann sein und dich respektieren und lieben", sagte Nino zu Maria.

Alle schauten zu Maria und warteten gespannt auf ihre Antwort.

Maria sagte, dass sie einverstanden ist, da ihr Nino auch gut gefällt. Ihr Herz klopfte bis zum Hals und sie dachte, dass alle es hören konnten.

„Darauf lasst uns anstoßen", sagte der Großvater und er goss jedem ein Glas Wein ein. Sie prosteten sich zu und waren glücklich, dass alles bisher so gut gelaufen ist. Die Bedenken waren vom Tisch und wie Ninos Vater auf die Verbindung reagieren würde, dass würden sie erfahren sobald Nino es ihm gesagt hat. Denn bisher hatte der noch keine Ahnung. Nino hatte erst abwarten wollen, ob er bei Maria eine Chance hatte und ob ihre Familie mit ihm als Schwiegersohn einverstanden ist.

Nach dieser Aussprache fühlten sich alle wohler und waren glücklich. Doch etwas lag Valentino noch auf dem Herzen, denn Nino hatte lange in der Fremde gelebt und er wusste nicht, ob er mit allen Sitten und Gebräuchen hier unten im Dorf vertraut war, zumal er davor etwas isoliert auf dem Gut gelebt hatte. Valentino wusste, dass das Leben in der Fremde ein anderes war als hier im Dorf. Es war viel freier was die Beziehung zwischen unverheirateten Paaren anging. Das gab es hier nicht und daran hatten sich alle zu halten: andernfalls würde es sehr schlimm enden und das wollte niemand.

Das alles sagte er zu Nino, damit dieser versteht, warum er nicht allein mit Maria sein durfte. Sehen konnten sie sich von nun an so oft sie wollten, aber es würde immer jemand dabei sein, der dafür sorgte, dass Marias guter Ruf gewahrt bleibt. Nino beschwichtigte Valentino und sagte zu ihm, dass er sich an die Spielregeln halten würde. Wie schwer das ist, wusste Valentino aus Erfahrung und er konnte sich ein grinsen nicht verkneifen. Erinnerungen stiegen in ihm auf und er dachte an die Zeit, als er mit Ricarda verlobt war. Es wird auch für Nino und Maria nicht einfach werden. Für mindestens ein Jahr wird ein Feuer in ihnen brennen, das nicht gelöscht wird; erst in der Hochzeitsnacht. So war es hier im Dorf und es war gut so, denn wohl dem, der prüfe wer sich ewig bindet.

Es war schon spät und Nino dankte allen für den schönen Abend. Er war glücklich, dass Maria ihm keinen Korb gegeben hat und machte sich frohen Herzen auf den Heimweg. Sein Auto hatte er vorsichtshalber zwei Straßen weiter um die Ecke geparkt, damit die Nachbarn nicht alles mitbekommen; sie würden noch früh genug erfahren, dass Maria und er von Heute an ein Paar sind.

Nino stieg in sein Auto und fuhr zurück zum Gut. Sein Vater war noch wach und fragte ihn, wo er denn so lange war.

Nino hatte aber heute Abend keine Lust mehr mit seinem Vater zu reden und antwortete nur, dass er ihm

Morgen alles erzählen würde und ging sofort in sein Zimmer. An Schlaf war für ihn nicht zu denken. Immer wieder kreisten seine Gedanken um den Abend mit Maria und ihrer Familie. Er mochte ihre Familie auf Anhieb und freute sich, dass er willkommen war. Eine Zukunft mit Maria; endlich eine eigene Familie gründen. Das war für ihn das Schönste auf der Welt.

In diesem Moment vermisste er seine, so früh verstorbene Mutter, sehr. Wie einsam war er nach ihrem Tod, wie verzweifelt und allein, denn sein Vater hatte außer Strenge nicht viel für ihn übrig. Er wurde seinen Lehrern und einer Erzieherin überlassen. Erst, als er in die Fremde ging um zu studieren, fühlte er sich befreit. Er hatte Freunde und fühlte sich angenommen.

Dasselbe Gefühl hatte er jetzt......

Ja, er fühlte sich angenommen von Marias Familie. Langsam fielen ihm doch die Augen zu und mit einem Lächeln im Gesicht schlief er ein.

Maria erging es in dieser Nacht auch nicht anders. Ihre Gedanken kreisten immer wieder um den Abend mit Nino ; es war ein wunderschöner Abend und sie freute sich auf eine gemeinsame Zukunft mit Nino; auch, wenn es noch ein wenig dauern würde. Irgendwann fielen auch ihr die Augen zu und Maria landete im Reich der Träume.

Als Nino erwachte, stand die Sonne bereits hoch am leuchtend blauen Himmel. Keine Wolke war zu sehen und die Hitze war kaum auszuhalten. Er duschte und zog sich an. Dann ging er hinunter zu seinem Vater. Dieser saß mit einem mürrischem Gesicht an seinem Schreibtisch und als er Nino sah, sagte er nur:

„schön, dass du auch einmal wach bist".

„Vater, lass uns nicht streiten, ich habe dir eine Neuigkeit zu berichten. Ich hoffe, du wirst darüber erfreut sein", antwortete Nino.

Sein Vater sah ihn an und erwiderte, dass er darauf sehr gespannt ist und er hofft, dass es etwas Gutes ist. Das ist es wohl, entgegnete Nino und er erzählte, von gestern Abend. Sein Vater hörte ihm aufmerksam zu und sein Gesicht verfinsterte sich dabei immer mehr.

„Hast du jetzt völlig den Verstand verloren? Du wirst dieses Mädchen niemals heiraten. Sie stammt aus einer armen Familie und ist nur auf dein Erbe aus. Ich kenne diese Menschen. Vergiss sie oder ich werde dich enterben und du kannst sehen wo du bleibst!", polterte sein Vater los.

Das war der Grund, warum Nino gestern Abend nicht mehr mit seinem Vater sprechen wollte. Er hatte es gewusst, wie er reagieren würde und wollte sich die gestrige gute Laune nicht verderben lassen. Doch heute musste diese Aussprache sein. Nino erklärte seinem Vater nochmals, dass er sich in dieser Sache nicht reinreden lassen würde oder gar seinem Willen beugen. Dann müssten sie eben ab sofort getrennter Wege gehen.

So konsequent hatte Nino noch nie mit seinem Vater gesprochen, aber es ging nicht anders.

Seinem Vater blieb der Mund offen stehen bei dem, was er hörte. Noch nie hatte es jemand gewagt, so mit ihm zu reden. Er begriff, dass es seinem Sohn sehr ernst war mit dem was er eben gesagt hatte.

„Das werden wir ja sehen, da ist das letzte Wort noch nicht gesprochen", sagte er zu seinem Sohn und verließ schimpfend das Zimmer.

Nino war froh, dass er die Hürde genommen hatte, aber er wusste, dass es noch lange nicht das Ende der Fahnenstange war. Er kannte seinen Vater nur zu gut und wusste, dass dieser nicht eher Ruhe gab, bevor er nicht seinen Willen durchgesetzt hatte.

Aber diesmal würde er auf Granit beißen. Sollte er ihn doch enterben!

Für Nino gab es heute nicht viel zu tun und so für er in den nächsten Ort, in dem es das einzige Blumengeschäft weit und breit gab, und kaufte eine Rose für Maria und für ihre Mutter einen wunderschönen Blumenstrauß.

Dann fuhr er zu Maria um ihr die Rose zu schenken und mit dem bunten Blumenstrauß ihrer Mutter für den gestrigen Abend zu danken. Diesmal parkte er sein Auto direkt vor dem Haus.

Maria und ihre Mutter freuten sich sehr über die Blumen.

Nino nutzte die Gelegenheit um sie alle einzuladen. Er wollte mit ihnen am nächsten Sonntag ein Picknick am Strand machen; auch die Großeltern sollten dabei sein. Für ausreichend Schatten würde er sorgen und für Essen und Trinken ebenso. Um 14.00 Uhr würde er die große Kutsche schicken und sie könnten alle damit fahren. Maria und ihre Mutter waren begeistert und sagten freudig zu. Dann verabschiedete er sich, winkte ihnen noch einmal zu bevor er in sein Auto stieg und fuhr davon; nicht ganz unbeobachtet, denn Rosaria, aus dem Haus gegenüber, hatte von ihrem Fenster aus alles beobachtet. Sie war eine neugierige Frau und nichts durfte ihr entgehen. Alle wussten das, aber sie taten, als würden sie es nicht bemerken. Nur, was Rosaria wusste, wusste nicht einmal 5 Minuten später das halbe Dorf. Sie war die Zeitung des Dorfes.

Ricarda hatte es wohl gesehen, dass Rosaria, wie immer, hinter der Fensterscheibe stand und beobachtete, aber es war ihr egal; es war alles in Ordnung und es gab nichts, worüber irgendwer die Nase rümpfen konnte. Nino hatte das Haus nicht betreten, sondern war zum Fenster gekommen.

Als Valentino mit den Schwiegereltern von der Piazza zurück kam, erzählten

Maria und ihre Mutter ihm gleich von der Einladung. Valentino freute sich auch darüber, zumal Nino auch die Großeltern mit eingeladen hat. Er war ein reiner Familienmensch und liebte es, wenn alle beieinander waren. Das Leben ist schön dachte er so bei sich, aber manchmal ist es noch schöner.
Er war glücklich.

Nino fuhr nach Hause und wunderte sich, dass es auf dem Gut so still war. Wo waren die Hausangestellten und die Arbeiterinnen und Arbeiter? Er rief nach seinem Vater, aber es kam keine Antwort. Stattdessen hörte er hinter sich auf einmal schlurfende Schritte. Er drehte sich um und sah, dass es der alte Giorgio war, der in einer kleinen Hütte auf dem Gut lebte. Irgendwann einmal hatte er seinem Vater geholfen und sein Vater war ihm zu dank verpflichtet. Widerwillig ließ er den Alten auf seinem Gut wohnen.

„Nino, du brauchst nicht zu rufen oder zu suchen; sie sind alle fort. Dein Vater hat sie weggeschickt, bevor er sich in sein Auto gesetzt hat und weggefahren ist. Wohin, weiß ich nicht, aber er hat vorher fürchterlich gebrüllt und sein Arbeitszimmer verwüstet. Schaue es dir an; nur der Teufel weiß, was ihn dazu getrieben hat".

Nino ging zum Arbeitszimmer seines Vaters und sah die Bescherung.

„Giorgio, ich denke, ich weiß, warum mein Vater so wütend ist. Ich habe ihm heute morgen gesagt, dass ich Maria aus dem Dorf zur Frau nehmen werde und das passte ihm überhaupt nicht; er drohte, mich zu enterben".

Jetzt war Giorgio alles klar. Aber wo

ist der Alte hingefahren? Er wird doch wohl nicht.....

Giorgio mochte diesen Gedanken nicht zu Ende denken, geschweige denn, es Nino zu sagen. Der Junge hatte ja keine Ahnung von dem, was sein Vater früher gemacht hat und wenn möglich, sollte er es auch nie erfahren.

Er forderte Nino auf, mit ihm in seine Hütte zu kommen um gemeinsam einen Teller Spaghetti zu essen. Nino ging mit. Er kannte Giorgio gut und mochte ihn. Viele Male hatte er sich bei ihm in der Hütte verkrochen, wenn er seinem Vater ausweichen wollte.

,,Warten wir ab, was kommt; mehr können wir jetzt nicht machen", sagte Giorgio zu Nino.

Sie aßen Spaghetti mit Bohnen, die Giorgio gekocht hatte und unterhielten sich angeregt dabei.

Giorgio erzählte, dass er Valentino und seine Familie schon lange kennt und , dass es anständige und ehrliche Leute sind. Er kannte sogar noch die Eltern von Valentino. Er meinte, dass Nino keine bessere Wahl treffen konnte. Das der Gutsbesitzer mit der Wahl nicht zufrieden war, das war ihm klar; hielt dieser sich doch für etwas Besseres. Dabei klebte fast an jeder Lira die er besaß ein Haufen Dreck; aber außer ihm wusste es niemand hier im Dorf. Das er auf dem Gut wohnen durfte, war der Preis für sein Schweigen.

Lange saßen sie beieinander und es wurde bereits dunkel, als sie das Auto kommen hörten. Nino verabschiedete sich von Giorgio und bedankte sich für das leckere Essen. Dann ging er zum Gutshaus um nach seinem Vater zu sehen. Die Begrüßung fiel nicht gerade freundlich aus, denn beide waren auf den anderen nicht gut zu sprechen. Als Nino seinen Vater fragte, was das Ganze zu bedeuten hatte, winkte dieser nur ab und ging in sein Schlafzimmer.

Auch gut, dachte Nino, wenn er nicht reden will, lässt er es eben bleiben und began sich in die Bibliothek um noch etwas zu lesen. Es fiel ihm schwer,sich zu konzentrieren und so legte er das Buch beiseite und ging ebenfalls in sein Schlafzimmer.

Die Woche verging schnell und verlief ohne weitere Vorkommnisse. Auf dem Gut ging alles wieder seinen normalen Gang. Vater und Sohn hatten sich nicht viel zu sagen, aber das heikle Thema schnitt keiner von ihnen wieder an, sodass Nino davon ausging, dass sein Vater, wenn auch widerwillig, seine Entscheidung, Maria zu heiraten, akzeptiert hat. Er konnte nicht ahnen, dass es nur die Ruhe vor dem Sturm war.

Heute war Sonntag und er hatte alles für das Picknick am Strand in sein Auto geladen. Es konnte losgehen. Die Kutsche für Maria und ihre ganze Familie hatte er schon vor einer halben Stunde losgeschickt.

Er freute sich, sie alle wieder zu sehen und einen schönen Sonntag am Wasser mit ihnen zu verbringen. Ebenso groß war die Freude bei Maria und ihrer Familie. Die Großeltern waren rein aus dem Häuschen und kicherten wie die Backfische, als der Kutscher sie in die Kutsche hob. Den Einstieg hätten sie ohne Hilfe nicht geschafft, da er sehr hoch war. Alle lachten und waren guter Dinge. Sie stimmten ein Lied an und genossen die Fahrt in der offenen Kutsche in vollen Zügen. Ein leichter Wind war aufgekommen und machte die Hitze erträglicher.

Nino sah die Kutsche schon von weitem und winkte. Er hatte alles vorbereitet und einen großen Baldachin aufgestellt, damit sie der prallen Sonne nicht so ausgesetzt sind. Er ging hoch zur Straße um den Großeltern zu helfen, da es im weichen Sand für sie ein wenig schwierig war zu laufen ohne das Gleichgewicht zu verlieren. Der Kutscher half auch und alle setzten sich auf die Decken, die Nino ausgebreitet hatte. Am Abend, vor der Dunkelheit, sollte der Kutscher sie wieder abholen.

Es wurde ein sehr schöner Sonntag, den keiner so schnell vergessen würde. Essen und Trinken war mehr als reichlich vorhanden und Maria und

Nino hatten Gelegenheit mit den Füßen ins Wasser zu gehen und dabei ein wenig zu plaudern. Das erste Mal waren sie allein und niemand konnte hören, was sie sich zu sagen hatten. Hand in Hand liefen sie am Strand entlang und ihre Gesichter glühten, als sie zu den anderen zurück gingen.

Was für ein wunderschöner Tag!

Aber auch der geht einmal zu Ende und wie vereinbart, kam der Kutscher pünktlich um sie nach Hause zu fahren. Alle Sachen waren in Ninos Auto geladen und auch er konnte sich auf den Heimweg machen. Sie dankten einander für die schönen Stunden und die Großmutter ließ es sich nicht nehmen, Nino einen schmatzenden Kuss auf die Wange zu geben. Er war gerührt und Großvater sagte:

„Na, na, na", und grinste sich eins.

Alle lachten über die Großeltern.

War der Großvater etwa eifersüchtig? Warum nicht, liebte er doch seine Frau noch so, wie am ersten Tag.

„Das du nicht noch einmal etwas sagst, wenn ich hinter den hübschen jungen Mädchen hinterher schaue", sagte er lachend zu seiner Frau.

Der Kutscher hob die beiden Alten wieder in die Kutsche und dann stiegen die anderen ein. Glücklich und müde ließen sie sich heim kutschieren.

Nino hatte ihnen noch eine Weile hinterher gewunken, bevor er in sein Auto stieg um nach Hause zu fahren. Auch er war müde, aber sehr glücklich.

Zu Hause angekommen ging Valentino schon voraus um die Tür auf zu schließen. Beinahe wäre er über die tote Katze gestolpert, die vor der Tür lag. Das Blut gefror ihm in den Adern.

Schnell bückte er sich und nahm das tote Tier auf, um es hinter dem Busch, der neben dem Haus wuchs, zu verstecken. Die Familie sollte es auf keinem Fall mitbekommen, denn alle, bis auf Maria, wussten, was das zu bedeuten hatte.

Er ließ sich nichts anmerken als sie kamen und sie gingen ins Haus.

Sorgfältig verschloss er die Tür und ging dann zu den anderen in die Küche.

Bevor sie zu Bett gingen sagte er zu seiner Frau:

„Wir sollten die Fensterläden schließen, ich habe das Gefühl, dass ein Sturm aufkommen wird".

Ricarda sah ihren Mann erstaunt an, aber sie half ihm, die Fensterläden zu schließen. Von einem aufkommenden Sturm hatte sie gar nichts bemerkt.

Die Großeltern lagen versorgt in ihren Betten und auch Maria hatte schon gute Nacht gewünscht und war in ihrem Zimmer verschwunden.

Ricarda und Valentino begaben sich ebenfalls in ihr Schlafzimmer.

„Ricarda", sagte Valentino leise „höre mir gut zu. Was ich dir jetzt sage ist sehr ernst und ich möchte, dass du es erfährst. Die anderen müssen es noch nicht wissen".

Valentino erzählte von der toten Katze vor der Tür und Ricarda war mit einem Mal hellwach. Sie konnte nicht glauben, was ihr Mann gerade gesagt hatte. Deshalb bestand er heute Abend darauf, die Fensterläden zu schließen. Aber warum lag vor ihrer Tür eine tote Katze? Sie hatten doch keinem etwas getan. War es vielleicht doch nur ein Zufall und das Tier war gerade an vor ihrer Tür gestorben? Valentino sagte ihr, dass die Katze schon eine Weile tot gewesen sein muss, denn ihr Körper fühlte sich nicht mehr warm und weich an als er sie hoch nahm.

Es war eine eindeutige Warnung!

In dieser Nacht fanden beide keinen Schlaf und bei dem kleinsten Geräusch lagen ihre Nerven blank.

Was sollten sie nur machen? Aus welcher Ecke ihnen Gefahr drohte, das wussten sie, aber nicht warum.

Hatte es etwas mit Nino zu tun?

Es war noch vor Sonnenaufgang, als Valentino leise aufstand. Er wollte die tote Katze im Garten vergraben bevor sie jemand entdeckte. Vorsichtig öffnete er die Haustür einen Spalt weit und spähte in die Dunkelheit. Er konnte niemanden ausmachen und in den Fenstern der anderen Häuser brannte noch kein Licht. Er nahm die tote Katze aus dem Gebüsch und ging zum Garten. Gerade, als er den ersten Spatenstich machen wollte, legte sich eine Hand auf seine Schulter und eine Stimme sagte leise:

„Erschrick nicht, ich bin es, Giorgio".

Valentino hatte fast einen Herzschlag bekommen und der Spaten war ihm aus der Hand geglitten. Zum Glück fiel er auf den Rasen und machte keinen Lärm beim herunter fallen. Er zitterte am ganzen Körper und konnte sich nur schwer wieder beruhigen.

„Was machst du hier? Hast du etwa etwas mit der toten Katze zu tun?" fragte er Giorgio leise.

„Nein, aber ich habe mir so meine Gedanken gemacht, als Ninos Vater gestern so plötzlich mit dem Auto weggefahren ist und erst spät wieder zurück kam. Er hatte das ganze Personal nach Hause geschickt und vorher sein Arbeitszimmer in einem Wutanfall demoliert. Er hatte am Morgen eine Auseinandersetzung mit Nino, die im Streit endete. Er will nämlich nicht, dass Nino deine Maria heiratet", antwortete Giorgio.

Daher wehte also der Wind.

Jetzt wurde Valentino so einiges klar. Ninos Vater wollte die Verbindung zwischen seinem Sohn und Maria unterbinden und hat deshalb seine alten Kontakte aufgesucht.

Sie wurden auch prompt tätig, in dem sie, als erste Warnung, eine tote Katze vor Valentinos Tür legten.

„Ich muss verschwinden bevor es hell wird", sagte Giorgio leise „aber ich werde heute mit Nino über die Sache sprechen, damit wir überlegen können, was wir unternehmen wollen. Die Katze solltest du nicht vergraben, nur gut verstecken; wir werden sie noch benötigen. Du wirst von mir hören; verhalte dich unauffällig und kein Wort zu niemandem; außer zu deiner Frau; ich weiß, sie wird schweigen".

Mit diesen Worten verschwand Giorgio, so leise, wie er gekommen war, in den Gärten.

Valentino versteckte die tote Katze unter einer umgekippten Tonne. Dann nahm er seinen Spaten und schlich leise ins Haus zurück. Ricarda saß auf dem Bettrand und sah ihn mit angsterfüllten Augen an als er die Schlafzimmertür öffnete. Er setzte sich zu ihr und erzählte leise, was sich eben zugetragen hatte. Daran hatte sie im Leben nicht gedacht. Wie konnte ein

Mensch nur so boshaft sein und sich zu so etwas hinreißen lassen? Es war nur der Aufmerksamkeit von Giorgio zu verdanken, dass sie so schnell wussten, wer dahinter steckte. Giorgios dunkle Seite hatte in diesem Fall etwas Gutes, denn ohne seine Kenntnisse und Erfahrungen hätten sie nicht gewusst, was sie tun sollten und es wäre bestimmt nicht gut ausgegangen. So bestand Hoffnung, die Angelegenheit zu klären und aus der Welt zu schaffen.

„Ich mache uns jetzt erst einmal einen starke Espresso", sagte Ricarda und verschwand in Richtung Küche.

Valentino folgte ihr und meinte, dass es besser wäre, das Haus vorerst nicht zu verlassen bis Giorgio sich bei ihnen wieder gemeldet hat. Ricarda nickte; irgendetwas würde ihr schon einfallen um alle im Haus zu halten, ohne , dass einer nach dem Grund fragt. Sie holte zwei Tassen aus dem Schrank und goss den frischen Espresso ein. Schweigend saßen sie am Küchentisch. Die Gefahr war erkannt, aber noch nicht gebannt. Die süße des Espresso hatte heute einen bitteren Beigeschmack.

Langsam ging die Sonne auf und sie hörten die Großeltern miteinander reden. Ricarda ging hin um ihnen beim anziehen zu helfen. Bei Maria war noch alles ruhig; es war ja auch noch früh.

Auch die Großeltern bekamen ihren Espresso und ein weiches, süßes Brötchen dazu. Gemeinsam saßen sie in der Küche und Ricarda erzählte ihnen, dass sie beschlossen hat, Tomatensauce für den Winter zu machen und alle sollten ihr dabei helfen. Es war eine langwierige Arbeit und jeder konnte etwas machen. Die Großeltern waren sofort einverstanden und froh, ihrer Tochter zur Hand gehen zu können. Diese Hürde war also genommen und Maria würde selbstverständlich auch helfen. Im stillen verstehen strich Valentino seiner Frau über den Arm.

Den ganzen Tag waren sie schon mit der Herstellung der Sauce beschäftigt, als das Gesicht von Nino am Fenster erschien. Freudestrahlend öffnete Maria das Fenster und begrüßte Nino. Er rief allen einen Gruß zu und sagte zu Valentino:

„Ich bin vorbei gekommen, da ich deine Hilfe auf dem Gut benötige. Es wäre schön, wenn du mitkommen kannst und dir den Schaden einmal ansehen könntest; ein Wasserrohr ist kaputt gegangen und nun haben wir eine Überschwemmung im Haus".

Valentino erklärte sich sofort bereit

mitzukommen, schließlich hatte er diese Arbeit einmal von seinem Vater gelernt. Ricarda begleitete ihren Mann zur Tür und drückte ihm die Hand. Sie hatte verstanden worum es ging. Dann ging sie wieder in die Küche und arbeitete weiter, als wäre alles in Ordnung.

Als Valentino neben ihm im Auto saß fuhr Nino mit Vollgas los. Unterwegs erzählte er ihm, dass Giorgio mit ihm gesprochen hatte und ihm auch von dem Vorfall mit der toten Katze erzählt hatte.

„Wir fahren jetzt hinten herum zu Giorgios Haus damit mein Vater nichts mitbekommt; er soll sich vorerst in Sicherheit wiegen. Gemeinsam werden wir überlegen, was zu tun ist", sagte Nino.

Valentino fand das in Ordnung und

kurz darauf waren sie auch schon am Ziel. Giorgio erwartete sie schon und bat sie herein. Hier draußen war niemand und sie konnten ungestört miteinander reden und einen Plan machen, wie sie vorgehen wollten.

„Psssst, seid mal leise, ich glaube, ich habe eben ein Auto gehört", sagte Giorgio auf einmal.

Ein Auto um diese Zeit, hier auf dem Gut, das verhieß nichts Gutes.

„Bleibt hier, ich werde zum Gutshaus schleichen; mal sehen, wer gekommen ist", und weg war.

Geduckt schlich er leise wie eine Katze durch die Büsche und was er dann sah, bestätigte seine Vermutung. Das Auto war ihm wohlbekannt. Erinnerungen der Vergangenheit stiegen in ihm hoch. Er kannte sich gut aus; war er doch auch einmal einer von ihnen. Lautlos, wie er gekommen war, schlich er zurückkommen zu seiner Hütte.

„Freunde, im Guten kommen wir hier nicht weiter. Ich habe das Auto erkannt; es kommt, wie ich vermutet hatte, aus dem Nachbarort", sagte er zu Nino und Valentino.

Ninos Vater wollte also keine Ruhe geben und hatte tatsächlich alte Kontakte wieder aufleben lassen, damit sie ihm halfen und kein Verdacht auf ihn fallen würde. Gäbe es nicht Giorgio, wüssten sie nicht, was sie machen sollten.

Nino war entsetzt. Das hätte er seinem Vater nicht zugetraut. Am liebsten würde er jetzt auf der Stelle rüber gehen und ihm gehörig die Meinung sagen. Doch, das wäre in dieser Situation das verkehrteste, was er machen konnte. Giorgio mahnte ihn,

Ruhe und einen kühlen Kopf zu bewahren. Er hatte schon einen Plan, den er den beiden jetzt verkündete.

Das Oberhaupt der mafiosen Sippe aus dem Nachbarort war ein Cousin von ihm. Er hatte ihn damals nicht verpfiffen und dieser stand in seiner Schuld. Ihn wollte er aufsuchen um die Sache zu beenden.

„Morgen früh fährst du mich bis vor den Ort; den Rest gehe ich zu Fuß. Du kannst im Auto auf mich warten bis ich zurück bin", sagte er zu Nino.

Nino nickte und sagte:

„Ich werde Valentino jetzt nach Hause fahren und komme dann wieder zu dir. Heute Nacht werde ich bei dir schlafen, damit wir Morgen früh gleich los können", erwiderte Nino.

Die beiden Männer begaben sich zum Auto und fuhren los.

Ricarda war noch wach als ihr Mann leise das Haus betrat. Sofort erzählte Valentino ihr was Giorgio mit ihnen besprochen hatte und legte sich ins Bett. Ricarda war froh, dass ihr Mann wieder zu Hause war.

Wie gestern besprochen, fuhren Nino und Giorgio gleich am frühen Morgen los. Der Espresso hatte sie munter gemacht, denn die halbe Nacht hatten sie noch mit reden verbracht; die Sache ließ ihnen keine Ruhe. Ihre Nerven waren angespannt und so verlief die Fahrt schweigend.

Nino hielt vor dem Ort und Giorgio stieg aus, um auf Schleichwegen zu dem Haus zu gelangen. Es kam ihm so vor, als wäre es erst gestern gewesen, dass er auf diesen Wegen zum Haus geschlichen war. Alles war noch ruhig; sie schliefen sicher noch und so konnte er über den geheimen Eingang, der immer noch existierte, in das Haus gelangen. Hier kannte er sich aus und er schlich zum Schlafzimmer seines Cousins. Leise öffnete er die Tür und sah diesen noch schlafend in seinem Bett. Er ging zum Bett und drückte eine Hand fest auf den Mund seines Cousins. In der anderen Hand lag sein Messer. Dieser riss erschrocken die Augen auf und wollte Giorgios Hand wegziehen, aber trotzt seines Alters hatte Giorgio eine Menge Kraft; seine Hand lag wie ein Schraubstock auf dem Mund.

„Höre gut zu, du schuldest mir etwas und heute ist Zahltag. Du sorgst dafür, dass deine Leute sofort die Familie von Valentino und Nino in Ruhe lassen, ansonsten hat dein letztes Stündlein geschlagen. Es ist mir ernst, ich werde euch alle über die Klinge springen lassen und dich töten. Ich bin alt und habe nichts mehr zu verlieren; die restlichen im Gefängnis werden mir nichts ausmachen. Ich nehme jetzt meine Hand von deinem Mund und du kannst mir deine Antwort geben", sagte Giorgio mit leiser Stimme.

Nach Luft schnappend versicherte ihm sein Cousin, dass er sofort seine Leute zurückziehen werde und dafür sorgt, dass keiner mehr von ihnen bedroht wird.

„Lass uns die Sache vergessen, wir sind doch Cousins. Wir sind alt und auch ich möchte meine letzten Jahre in Ruhe und Freiheit verbringen. Ich musste es machen, da der Gutsbesitzer mir drohte und ich ihm noch einen Gefallen schuldig war. Mir ging das auch gegen den Strich; es ist viel zu viel Unrecht passiert in der Vergangenheit", sagte er noch und stieg aus dem Bett.

Sie waren zwar beide Angehörige der Mafia und früher keine Engel, aber noch immer. War ein gegebenes Wort r Ehrensache; wer es bricht, bezahlte es mit seinem Leben.

Die beiden Männer gaben sich die Hand und Giorgio verschwand so still und leise, wie er gekommen war.

Niemand hatte von seinem Besuch etwas mitbekommen.

Giorgio war so froh, dass er Nino eine gute Nachricht überbringen konnte und sie alle ohne Angst weiter leben konnten. Wie sein Cousin es mit Ninos Vater regelte, war seine Sache, damit hatte er nichts mehr zu tun.

Nino hatte Giorgio nicht kommen gesehen und erschrak, als dieser an der Autotür rüttelte. Schnell öffnete Nino die verriegelte Tür damit er einsteigen konnte.

„Fahr los, unterwegs erzähle ich dir alles", sagte er zu Nino.

Nino fuhr und Giorgio erzählte. Er sagte noch, dass er gleich zu Valentino gehen wollte um ihm die Neuigkeit auch zu berichten. Nino setzt ihn kurz vor Valentinos Haus ab und fuhr nach Hause.

Giorgio schaute zum Küchenfenster hinein und sah dort die ganze Familie beim Kaffee trinken.

„Guten Morgen", rief er munter und zu Valentino gewandt sagte er „wenn du fertig bist, komm raus, ich brauche dich für ein halbe Stunde".

Ricarda und Valentino verstanden sofort, dass er heute gute Nachrichten bringt, denn ansonsten wäre Giorgio kaum so gut gelaunt. Valentino zog seine Schuhe an und ging raus. Er war gespannt, was Giorgio ihm zu sagen hatte. Die Männer gingen Richtung Strand wo Giorgio ein Boot liegen hatte und sie ungestört miteinander reden konnten.

Wie erleichtert war Valentino als er alles gehört hatte.

Nun wird alles wieder gut!

Eine Weile redeten sie noch über die Geschichte und dann ging Valentino wieder heim; Giorgio wollte mit dem Boot raus fahren um Fische zu fangen.

„Alles in Ordnung", rief er zu Hause angekommen, „Giorgio benötigte nur ein wenig Hilfe bei seinem Boot".

Er nahm sein Frau in den Arm und gab ihr einen zärtlichen Kuss auf die Wange. Jeder, dachte, dass die Träne, die über ihre Wange lief, eine Träne der Rührung war über die Zärtlichkeit ihres Mannes. Die Großeltern und Maria freuten sich, dass die Beiden noch nach vielen Jahren so glücklich miteinander waren.

Zum Glück ahnten sie nicht, was der eigentliche Grund war!

Angekommen auf dem Gut sah Nino sofort die schwarzen Autos mit den abgetönten Scheiben vor dem Haus stehen. Er wusste, was es zu bedeuten hatte. Sollte er ins Haus gehen? Aber, es war zu spät darüber nachzudenken, eine Stimme an seinem Ohr sagte:

„Komm mit mir, Du sollst dabei sein wenn die Sache geklärt wird; folge mir", sagte der fremde Mann.

Nino folgte ihm und sie gingen zum Arbeitszimmer seines Vaters. Schon von draußen waren laute Stimmen zu hören. Als der Fremde und Nino den Raum betraten, herrschte sofort ein eisiges Schweigen und alle Augen waren auf Nino gerichtet.

„Du bist also Nino, mein Neffe", sagte plötzlich einer der alten Männer.

Nino hatte ihn noch nie zuvor gesehen und sah ihn erstaunt an.

„Du siehst deiner Mutter sehr ähnlich, sie war eine warmherzige und schöne Frau", sagte er zu Nino und fuhr fort, „du sollst mit anhören, was wir zu besprechen haben. Ich hatte heute früh ein langes Gespräch mit einem Freund und er öffnete mir die Augen. Ich bin deinem Vater zwar einen Gefallen schuldig, aber nicht um diesen Preis. Ich möchte, dass du mit Maria glücklich wirst; die Valentinos sind eine hochanständige Familie und Maria ist deiner verstorbenen Mutter sehr, sehr ähnlich. Darum werde ich das, worum mich dein Vater gebeten hat, nicht machen und ich entschuldige mich für die Drohung mit der toten Katze. Es soll endlich Frieden herrschen zwischen uns allen", sagte er zu Nino.

Nino blickte hinüber zu seinem Vater. Vorn über gebeugt saß er stumm da und mochte den Blick nicht heben als Nino ihn ansprach.

Plötzlich stand er vom Stuhl auf und sagte laut und deutlich:

„Ich werde mich in mein Haus in die Berge zurückziehen; niemand von euch kennt es. Vorher überschreibe ich dir das Gute. Von nun an bist du der neue Gutsbesitzer. Ich selber nehme nur das nötigste mit und eine kleine Summe meines Geldes; das andere Geld gehört dir. Ich werde dir nie mehr im Wege stehen. Werde glücklich mit deiner

Maria, so, wie auch ich einmal glücklich mit deiner Mutter war. Wenn du kannst, verzeih mir, dass ich dir nie ein guter Vater sein konnte".
Weiter sagte er nichts und ging aus dem Zimmer.

Schweigen herrschte im Raum. Damit hatte niemand gerechnet und doch war es die beste Lösung. Mitleid konnte Nino für seinen Vater nicht empfinden. Vielleicht konnte er ihm ja eines Tages ihm verzeihen; im Moment jedenfalls nicht.
Die Männer verließen einer nach dem anderen das Zimmer. Sein Onkel klopfte ihm auf die Schulter bevor auch er verschwand.
In Ninos Kopf drehte sich alles und er beschloss nachzuschauen, ob der alte Giorgio schon zurück war.

Nino hatte Glück. Gerade in diesem Moment als er bei Giorgios Hütte ankam, kam dieser den Weg entlang. Gemeinsam gingen sie rein und Giorgio kochte gleich einen starken Espresso.

Derweilen fing Nino an, ihm zu erzählen, was sich im Gutshaus soeben zugetragen hatte und, dass er einen Onkel kennengelernt hatte, von dem er überhaupt nichts wusste.

Aufmerksam hatte Giorgio seinen Worten gelauscht.

„Das er dein Onkel ist, das wusste ich; deshalb bin ich ja auch heute früh zu ihm gegangen. Ich hoffte, dass er einsichtig reagieren würde", erwiderte Giorgio.

Sie tranken ihren heißen, süßen Kaffee. Den Rest der Neuigkeiten wollten sie Valentino morgen erzählen. Heute mussten sie selber erst einmal einen

klaren Kopf bekommen. Beide waren
froh, dass alles einen guten Ausgang
genommen hatte.
Sie legten sich beide auf Giorgios großes
Bett und waren im Nu eingeschlafen.

Das Leben geht weiter und alles hatte
sich beruhigt. Nino hatte Maria und
ihrer Familie erzählt, dass sein Vater
nun in seinem Haus in den Bergen lebt
und er der neue Gutsbesitzer war.
Sie trafen sich von nun an regelmäßig
und verbrachten viele schöne Stunden
miteinander. Nino war schon wie ein
Sohn der Familie. Manchmal gesellte
sich auch Giorgio zu ihnen, aber
meistens wollte dieser nur seine Ruhe
haben. Schade, denn Ricarda,
Valentino und Nino war es durchaus
bewusst, dass sie alles nur ihm zu
verdanken hatten. Ohne ihn und seine

Hilfe hätte wohl alles ein böses Ende genommen. Aber sie respektierten es, wenn er lieber für sich sein wollte.

In zwei Wochen wollten Maria und Nino offiziell ihre Verlobung feiern und alle waren dazu eingeladen. Das Wetter war noch sehr gut und das Fest sollte auf der Piazza stattfinden. So konnten alle aus dem Dorf zu Fuß dort hin kommen. Mittlerweile hatte es sich herumgesprochen, dass Nino und Maria ein Paar sind. Sofia, Marias beste Freundin, war innerlich ein wenig eifersüchtig, hatte sie doch ihrerseits ein Auge auf Nino geworfen. Aber sie ließ sich nichts anmerken und freute sich mit Maria.

Es sollte eine schöne Feier werden zu der alle eingeladen waren. Mit Musik und Tanz, gutem Essen und allem, was dazu gehörte. Nino sollte sich als sehr großzügiger Gastgeber erweisen. Maria und ihre Familie ließen sich neue Kleidung nähen und freuten sich schon sehr auf diesen Tag. Selbst der alte Giorgio wollte kommen und mit ihnen feiern. Es gab viel zu tun und alle packten fleißig mit an.

Es war ein sonniger Samstag, als das Fest stattfand und fast alle aus dem ze Dorf erschienen waren. Schon lange hatte es keine solche Feier mehr gegeben und sie genossen es ausgiebig.

Marias Eltern und Großeltern waren überglücklich. Eine bessere Wahl hätte Maria nicht treffen können. Auch Maria war sehr glücklich, denn bisher, konnte kein Wölkchen ihr Glück trüben. Nino war aufmerksam und liebevoll, brachte ihr nach wie vor eine Rose und ab und an auch ein kleines

Geschenk mit, ihre Gespräche über alles verliefen harmonisch und sie kamen sich immer näher. Händchen halten, ein zarter Kuss auf die Wange, doch nicht mehr. Nino hielt sich daran, die Sitten, Gebräuche und Traditionen zu respektieren.

Alles war fast perfekt.

Es waren mittlerweile einige Monate vergangen, dass sein Vater das Gut verlassen hatte und er nie mehr etwas von ihm gehört hat. Er wusste auch nicht, wo er hätte ihn finden können, denn irgendwie wünschte er sich manchmal, dass er wenigstens bei seiner Hochzeit in einem Jahr dabei sein könnte. Seine erste Wut und Enttäuschung über ihn war verklungen und es wäre schön, wenn sie sich aussöhnen könnten.

Nino seufzte.....

Die Verlobungsfeier endete erst weit nach Mitternacht. Ricarda hatte in weiser Voraussicht zwei Liegen im Wohnzimmer aufgestellt. So konnten Nino und Giorgio dort übernachten und erst am Sonntag zum Gut zurück fahren. Das Angebot nahmen beide gerne an; zumal sie hundemüde waren.

Alle hatten etwas länger geschlafen und nur Ricarda war, wie immer, zur gewohnten Zeit wach. Sie deckte schon den Küchentisch und kochte den Kaffee damit alles fertig ist, wenn die ersten munter wurden.
Es dauerte auch nicht mehr lange bis der erste in der Küche erschien; es war Giorgio. Dankbar nahm er den Kaffee und setzte sich an den Tisch. Ricarda schob ihm ein süßes Brötchen rüber, dass er sofort verspeiste. Es tat ihm

gut, bemuttert zu werden, das spürte Ricarda. Nach und nach kamen auch die anderen in die Küche. Gemeinsam frühstückten sie und als sie fertig waren sagte Nino:

„Ich möchte euch mit meinen künftigen Plänen vertraut machen. Ich habe vor, das alte Gutshaus abzureißen und ein neues Haus für Maria und mich zu bauen. In dem alten Haus sind zu viele Erinnerungen, die ich gerne für immer vergessen möchte. Außerdem soll Giorgio ein richtiges kleines Haus bekommen, direkt neben unseren Haus. Mit fließendem Wasser und Licht. Ein richtiges Bad mit einer Wanne soll auch für ihn gebaut werden. Er war immer für mich da, als ich noch ein kleiner Junge war und bis jetzt ist er für mich mehr als ein Freund. Er hat es verdient; es ist mein Dank an ihn.

Giorgio glaubte, seinen Ohren nicht zu trauen und protestierte heftig. Aber Nino duldete keine Widerrede. Es ist noch ein Jahr Zeit bis zu unserer Hochzeit und bis dahin wird alles fertig sein. Um das Haus herum soll ein kleiner Garten entstehen in dem Maria ihre Blumen pflanzen kann, die sie so sehr liebt. Sie hat mir erzählt, dass sie daran Freude hätte. Ich werde das Haus so groß bauen, dass eines Tages, wenn ihr nicht mehr alleine könnt, genug Platz auch für euch sein wird, wobei er zu Ricarda und Valentino schaute. Doch vorher möchte ich, wenn Maria es auch will, dass sie den Führerschein macht. Sie kann euch dann abholen und wieder zurück fahren wenn ihr uns besucht und ich keine Zeit dazu habe. Ein kleines Auto soll mein Hochzeitsgeschenk für sie sein.

Jetzt waren alle sprachlos, niemand hatte mit so etwas gerechnet. Hatte Maria doch gerade gestern erst zur Verlobung diesen wunderschönen Ring von Nino bekommen.

Nino blickte in die Runde und noch immer war keiner fähig ein Wort zu sagen.

Valentino fand als erster die Sprache wieder und sagte:

Nino, dich hat der Himmel geschickt, aber du brauchst uns nicht so zu verwöhnen, wir sind einfache Leute und wir alle haben dich in unser Herz geschlossen. Wir möchten nur, dass ihr glücklich seid, dann sind wir es auch".

„Das fühle ich und mir geht es mit euch genauso; gerade darum möchte ich euch Gutes tun".

„Nun lass uns fahren", sagte Nino zu Giorgio und sie machten sich auf den

Weg. Angeregt unterhielten sie sich währen der Fahrt und Giorgio dankte Nino für seine guten Gedanken und Absichten.

Es wurde ein aufregendes Jahr für alle. Das neue Haus war fast fertig und auch Maria hatte ihre Wünsche äußern dürfen, was sie gerne hätte. Es waren keine großen Sachen, aber Nino hatte sie alle berücksichtigt. Das kleine Haus gleich nebenan für Giorgio war schon fertig und er war mit seinen wenigen Habseligkeiten bereits eingezogen. Nino musste laut lachen, als er Giorgio, bei offenem Fenster, in der Badewanne singen hörte. So ist das Leben schön. Er konnte geben und die Menschen um sich herum glücklich machen. Es war wahrscheinlich das erste Vollbad in Giorgios Leben.

Der große Tag stand vor der Tür!

Heute sollte die Hochzeit sein. Maria hatte ein wunderschönes Brautkleid aus weißer Spitze an. Ganz bezaubernd sah sie darin aus, wie eine richtige Märchenprinzessin. Nino hatte ihr eine Kutsche versprochen, die sie zur Kirche abholen sollte. Auf der Piazza neben der Kirche war das halbe Dorf schon versammelt und aus allen Richtungen kamen immer mehr Menschen. Das Ereignis wollte sich niemand entgehen lassen. Die mitgebrachten Geschenke legten alle auf den großen Tisch neben der Kirche.

Nino wartete bereits mit Giorgio, der sein Trauzeuge war, vor der Kirche.

Nun kam auch die ganze Familie von Maria um die Ecke. Es konnte sich also nur um Minuten handeln, bis Maria in der Kutsche vorgefahren kam. Alle blicke schauten in die Richtung aus der

Marias Familie kam. Jetzt, die beiden Pferde waren schon zu sehen und nun konnten sie auch die Braut erkennen. Genau vor der Kirche machte die Kutsche halt und Valentino ging hin, um seiner Tochter aus der Kutsche zu helfen. Ganz einfach war das nicht, denn das Kleid wollte nicht so, wie sie wollten; aber am Ende schafften sie es doch. Die Orgel ertönte und am Arm ihres Vaters betrat Maria die Kirche. Nino wartete schon aufgeregt vor dem Altar.

Wie wunderschön sie aussieht, meine Maria, dachte er und ihm schossen die Tränen in die Augen.

Der Pfarrer stand schon hinter der Kanzel als Valentino seine Tochter an Nino übergab. Auch er war zu Tränen gerührt und ebenso seine Frau und die Großeltern, die schon in der ersten

Reihe saßen. Die Orgel verstummte und der Pfarrer begann mit seiner Predigt.

Die Kirche war voller Menschen, doch die meisten mussten draußen warten und so hatte der Pfarrer die Türen der Kirche offen gelassen, damit man seine Worte auch draußen hören konnte.

Endlich, die Trauungszeremonie war zu ende und das frisch vermählte Paar kam aus der Kirche. Alle brachen in lauten Jubel aus und warfen Konfetti. Kinder streuten Blumen und die Glocken läuteten.

Das große Fest konnte beginnen. Die Musikanten spielten, das Essen wurde serviert und dem guten Rotwein wurde bereits jetzt zugesprochen.

Alle kamen zum gratulieren und um dem Paar Glück und viele Kinder zu wünschen.

Es war wunderbar, ein Traum!

Ausgelassen feierten sie bis die Sonne schon fast wieder aufging. Giorgio und die Großeltern hatte Valentino früher nach Hause gebracht. Sie waren zu alt um so lange durchzuhalten. Giorgio schlief diese Nacht in Valentinos Haus.

Jetzt waren auch die letzten Gäste gegangen und Ricarda und Valentino brachten ihre Tochter und Nino noch zum Auto.
Heute war die erste Nacht, die sie in ihrem neuen Heim verbringen würden.
Nun war Maria doch sehr aufgeregt, als sie jetzt, allein mit Nino, zum Gut fuhr. Nino ging es nicht anders, auch er hatte ein kribbeln im Bauch. Bisher waren sie ja nur in Begleitung beisammen, aber nun war es doch etwas anderes. Gewiss, er hatte schon in der Fremde einige Erfahrungen

gesammelt, aber mit Maria war es etwas anderes. Sie war so unschuldig. Er ergriff ihre Hand während er fuhr und spürte, dass diese ganz kalt war. Sie hat angst, dachte er.

Vor dem Haus angekommen, hob Nino seine Frau auf die Arme und trug sie über die Schwelle. Er schloss die Tür, nahm Maria an die Hand und ging mit ihr in das Schlafzimmer........

Eine Wolke schob sich vor den Mond und im Dunkel der Nacht erwachte eine Liebe, die niemals endete.